首部

book 1

SURVIVORS

绝境重生

THE EMPTY CITY

[英] 艾琳·亨特 著 / 赵振中 译

中国少年儿童新闻出版总社
中国少年兒童出版社
北 京

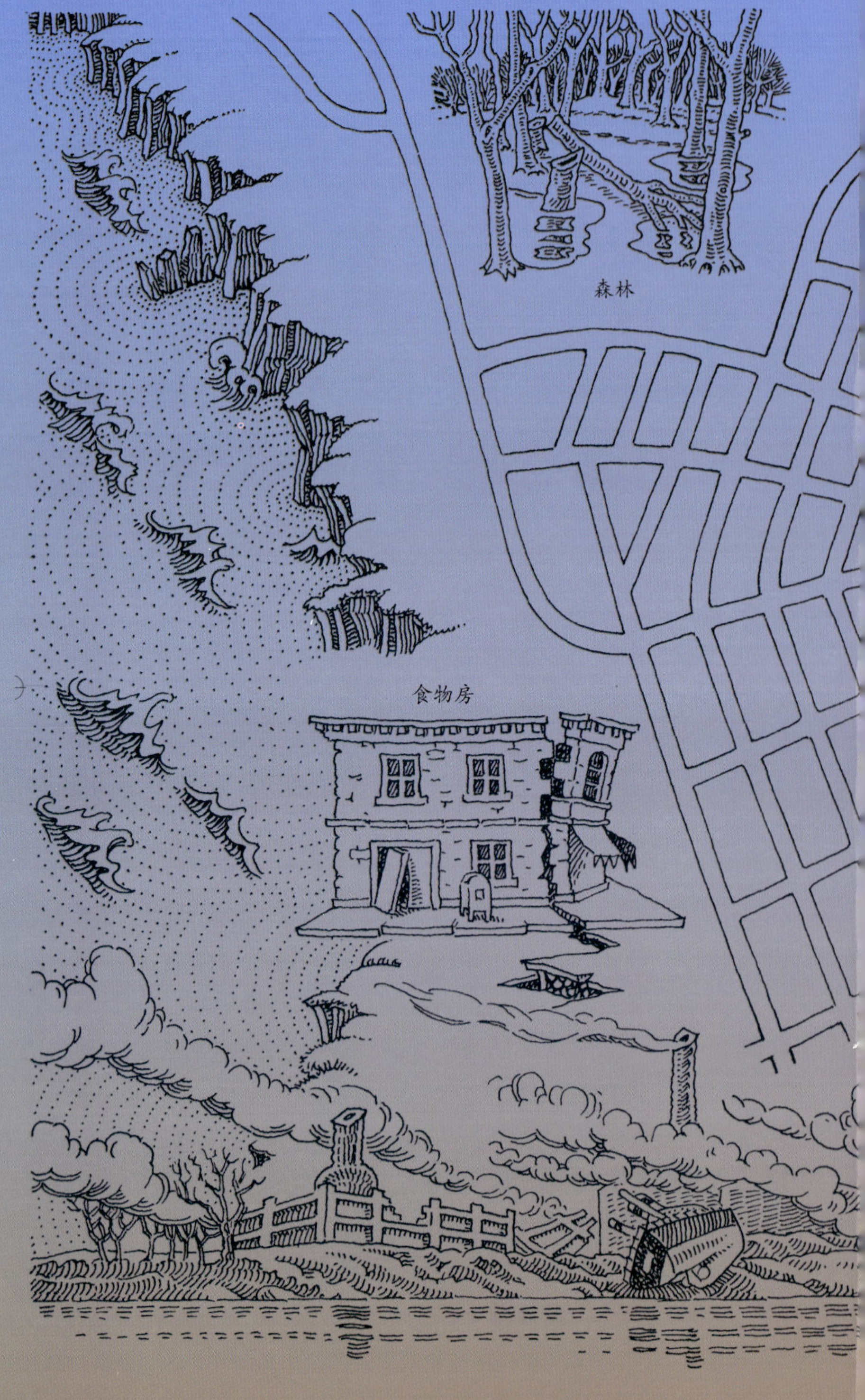
森林
食物房

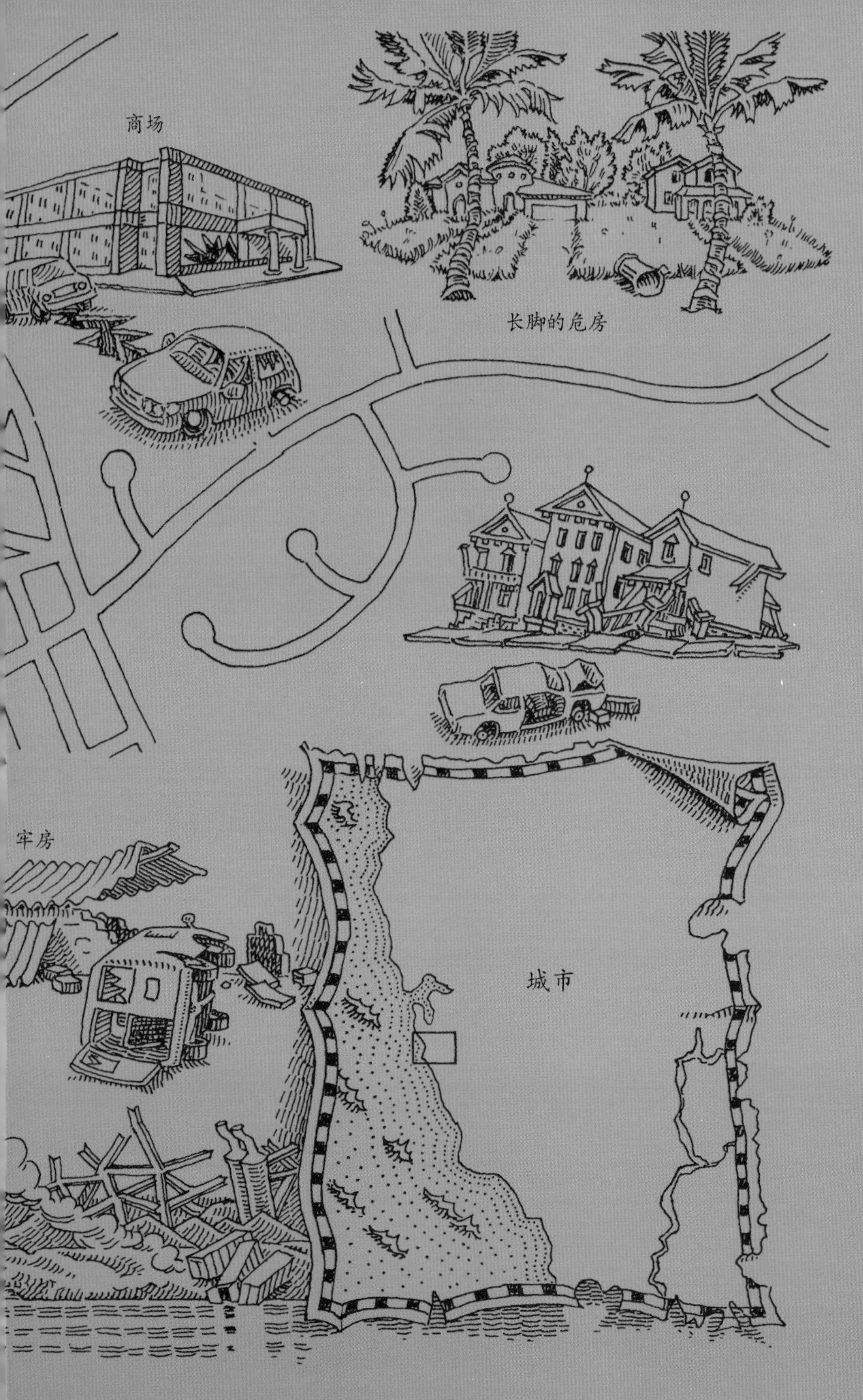
商场
长脚的危房
牢房
城市

著作权合同登记 图字：01-2013-0269

图书在版编目（CIP）数据

绝境重生 /（英）亨特著；赵振中译. —北京：中国少年儿童出版社，2014. 8 (2025.4重印)
(狗武士 1)
ISBN 978-7-5148-1758-4

Ⅰ.①绝… Ⅱ.①亨… ②赵… Ⅲ.①儿童文学—长篇小说—英国—现代 Ⅳ.①I561. 84

中国版本图书馆 CIP 数据核字（2014）第 103291 号

JUEJING CHONGSHENG
(狗武士 1)

出版发行：中国少年儿童新闻出版总社 中国少年儿童出版社

执行出版人：马兴民
责任出版人：缪 惟

责任编辑：史 钰　　责任校对：韩 娟
内文插图：李思东　　封面设计：玫 少
版权引进：孟令媛　　责任印务：厉 静

社 址：北京市朝阳区建国门外大街丙 12 号　　邮政编码：100022
总 编 室：010-57526070　　发 行 部：010-57526568
官方网址：www. ccppg. cn　　编 辑 部：010-57526318

印刷：北京华宇信诺印刷有限公司

开本：880mm × 1230mm 1/32　　印张：8.125
版次：2014 年 8 月第 1 版　　印次：2025年 4 月第10次印刷
字数：130 千字　　印数：59001-62000 册

ISBN 978-7-5148-1758-4　　定价：28.00 元

图书出版质量投诉电话：010-57526069 电子邮箱：cbzlts@ccppg.com.cn

独行狗

拉奇——公狗，乳名野蒲，毛发浓密，金色与白色相间，喜乐蒂与寻回犬的混血，小型犬。

老猎手——公狗，秃嘴，长得又大又结实。

斯维特——母狗，灰色短毛，拉奇的难友。

拴绳狗

贝拉——母狗，毛发浓密，金色与白色相间，喜乐蒂与寻回犬的混血。

戴兹——母狗，小个头，白色毛发，棕色尾巴，西高地白梗与杰克罗素梗的混血。

米琪——公狗，农场犬，毛发黑白相间，轮廓平滑，边境牧羊犬。

玛莎——大型黑色母犬，脑袋宽大、毛发浓密， 纽芬兰犬。

布鲁诺——公狗，大型战犬，浓密的棕色毛发，面色严峻，德国牧羊犬。

阳光——小母狗，毛白且长，马尔济斯犬。

阿尔菲——小公狗，满脸褶皱，身材短粗，棕白相间。

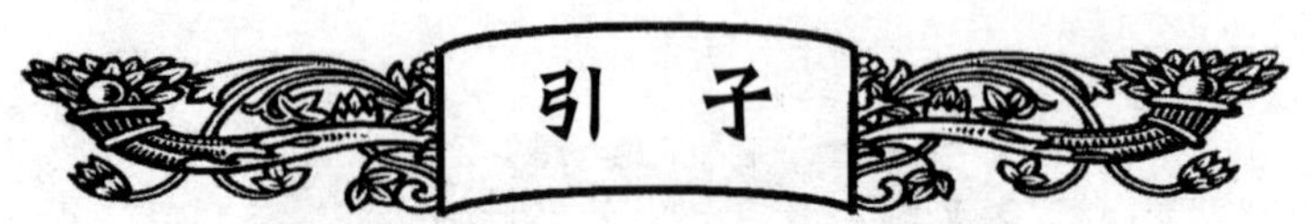

引子

野蒲慵懒地动了动身子，打着哈欠，嘴里发出轻轻的呜咛声。他和兄弟姐妹们聚成一堆睡着，爪子搭着爪子，鼻子顶着鼻子，能够感受到彼此的体温和细微而快速的心跳。斯魁克更是毫不客气地压在他身上，爪子都戳到他眼睛上了；野蒲晃了晃脑袋，翻身打个滚，想把她从身上移开。斯魁克老脾气发作，恼火地尖叫了一声，野蒲赶紧去舔她的鼻子，让她的情绪稳定下来。

在一旁守护的狗妈妈用头拱了拱这些毛茸茸的小家伙们，让他们睡整齐，挨个将他们的小脸舔干净，然后例行公事似的绕着孩子们走了一圈，这才围着他们躺下睡觉。

“醒醒，野蒲！妈妈要给我们讲故事了。”这个命令式的口吻一听就是斯魁克的。妈妈正用舌头温柔地清洗斯魁克的脸，舔得她说话都含含糊糊的。

“你们想听狗潮的故事吗?”

一股激动的电流立刻沿着野蒲的脊柱直贯而下，他迫不及待地叫起来：“想听！”

“还要讲啊?”斯魁克抱怨道。

不过其他小狗立即扑在她身上，把抗议扼制在萌芽中。

“要听，妈妈！要听狗潮的故事！”

狗妈妈让他们围成一圈，尾巴上下拍打着，声音低沉而肃穆地说：“给你们讲一个关于闪电狗的故事，传说他是狗武士中动作最敏捷的。闪电狗受到天狗们的青睐和保护……却遭到地狗的嫉妒。地狗认为闪电狗活得太久了，巴不得他早点儿死。因为闪电狗死后将会重归大地。虽然地狗手下有一批可怕的‘裂地吼’，但闪电狗的速度无与伦比，裂地吼根本追不上他——他的速度，甚至连死亡都望尘莫及！”

“我也想当闪电狗，”亚欧迷迷糊糊地说，“我也能跑那么快，肯定能！”

“嘘！”斯魁克用金毛爪子粗暴地推了一下亚欧的鼻子。野蒲知道斯魁克听入迷了，之前她还不愿听呢。

“不久，第一场伟大战争，也就是狗潮爆发了。”狗妈妈的声音变得沉重起来，“所有狗都在期盼着统治世界的王出现。在那段可怕而黑暗的日子里，发生了许多故事，涌现出许多英雄，同样，也陨落了许多英雄。”

“地狗算计着，如果闪电狗的生命力消耗干净，她就能顺利得到他的尸体了。可是闪电狗很聪明，而且对自己的速度十分自信，认为凭借自己的速度能够再次从死亡的魔爪下逃脱。于是，地狗设下了一个陷阱。”

野蒲的耳朵吓得贴在脑门儿上：“地狗太卑鄙了！”

妈妈拱了拱他，说：“不，野蒲，地狗有权利这么做。生

命就是这样循环往复。即使是狗王，死后的尸体也照样回归大地。”

肃穆的气氛下，所有的小毛球都安静地听着。

“闪电狗企图凭借自己的速度从狗潮中逃生。他奔行在战场上，没有哪个狗武士能够看清他的身影，更别说用牙齿和利爪撕碎他的身体了。但就在他即将逃脱，获得自由的时候，地狗放出了‘裂地吼’，将闪电狗前方的大地撕开了一道巨大的口子。”

尽管这个故事野蒲已经听了成百上千遍，但此时他仍然紧张地屏住呼吸，和兄弟姐妹们缩在一起，脑子里勾画出一幅闪电狗落入陷阱，被地缝吞噬的可怕画面……

“虽然闪电狗看见了裂开的地面，但因为他的速度太快，无法收住脚，眼看着就要被地狗俘获——

“可是，天狗们非常宠爱闪电狗，就在闪电狗即将落入死亡深渊的危急时刻，天狗们适时地吹来一股狂风，那股狂风的力量巨大，闪电狗旋转着被卷上云霄。从那天起，闪电狗就留在了天上，和天狗们住在一起。”

小毛球们越发用力地往狗妈妈身上挤靠，都抬头看着她。

“他会一直待在天上吗？”亚欧问。

“当然。当天空燃起大火的时候，当天狗们咆哮的时候，闪电狗就会冲下地面，撕碎地狗，地狗永远也拿他没有办法。”说着，狗妈妈舔了舔野蒲睡意蒙眬的小脸，野蒲已经困得睁不开眼睛了。“我听许多狗说，将来某一天，有一只狗将

触怒地狗，新的大战会爆发。接着，狗之间会拼个你死我活，伟大的英雄们将在战争中涌现和陨落。”

亚欧打了一个大大的哈欠，身子瘫软成了小肉团：“但距离现在还早着呢，是吧?”

“嗯，说不好。也许很快，也许还要过很久。我们必须时刻睁大眼睛，对任何征兆都保持警觉。他们说当天翻地覆，大地崩裂的时候，狗潮便会爆发，而我们只有奋力挣扎，才能获得一线生机。”

野蒲任由眼皮耷拉下来。他喜欢听着妈妈的故事入睡，每天都如此。他知道，妈妈的声音会越来越小，直到把他们都哄睡着。在妈妈的守护下，他会在沉睡前听到故事的结尾，日复一日……

“睁大眼睛吧，小家伙们！要警惕狗潮的来临……”

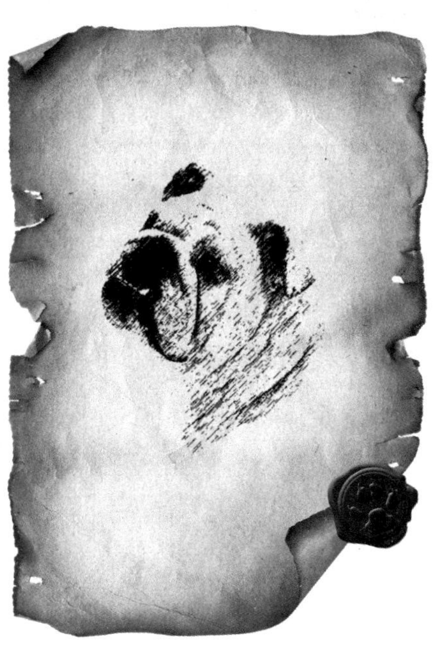

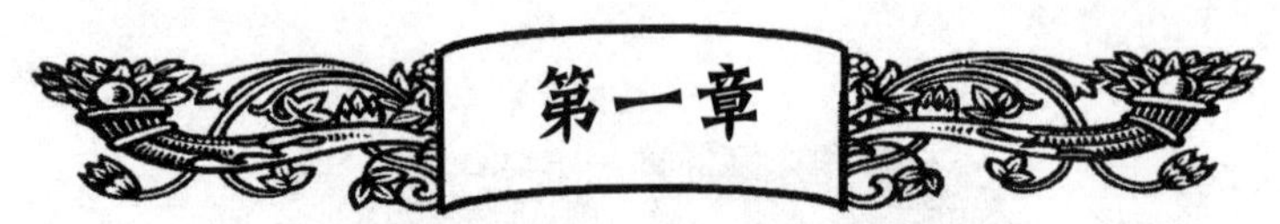

第一章

拉奇猛然从梦中惊醒，一阵寒意穿透皮毛，渗入骨髓。他跳起身汪汪叫了起来。

那一刻，他感觉仿佛回到了小时候，偎依在暖和的小毛球们中间，什么都不用害怕。但这种温馨的错觉转眼消失，空气中充满了危险的味道，刺激着拉奇的皮肤。拉奇从来不惧怕面对眼前的敌人——看不见的敌人才最可怕，如同隐形怪兽，就连气味都能隐藏起来。拉奇害怕得汪汪大叫。眼前的一切绝非睡前故事，他能够真切地感受到自己的恐惧。

那种逃命的急迫令他不堪忍受，但他只能虚张声势地吼几声，扬扬爪子而已。他根本无处可逃：他被关在笼子里，四面都是缠着铁丝的铁栏。他曾经想从铁栏间挤出去，却把口鼻都刮伤了。他怒吼着往后退，死死顶着他后腿的仍然是铁栏。

笼子里不止他一个，熟悉的身体，熟悉的气味……和他一样，其他狗也被关在这个可怕的地方。拉奇扬起头发出狂叫，一遍又一遍，高亢而绝望。但显而易见的是，此时没有哪只狗会来救他。很快，他的声音便淹没在群起的狗叫声里。

他们都被关了起来。

拉奇只觉得身处恐惧的黑暗中，无助地用爪子扒拉地上的泥土。

他嗅到旁边的笼子里关着一只雌无影狗，在他被惊恐咬噬心灵的时候，那只狗散发出的气味令他感到亲切和慰藉。他呜呜叫着靠过去，感觉到对方的身子在颤抖——但他们中间却被铁栏无情地隔开。

“斯维特？斯维特好像出事了！不好的事！”

“是啊，我也感觉到了！怎么回事？”

长脚[①]们——他们在哪儿？长脚们把他们这群俘虏关在这间牢房里，照顾得相当不错，每日吃喝招待，还给他们铺狗窝，梳理狗毛……

到了这个时候，长脚们也该来了啊。

其他的狗异口同声地汪汪叫唤，于是拉奇也扯开嗓门儿加入进去。

长脚！长脚！到时间……

忽然，拉奇感觉身下的地面开始晃动。他吓得不敢再叫，趴在地上缩成一团。接着，周围立刻陷入巨大的混乱中。

是那个看不见的怪兽来了——它的魔爪就踩在牢房上。

整个世界开始倾斜，拉奇急忙后跳，靠在笼子的铁栏上。那一刻，他完全迷失了方向，连上下都搞不清楚。怪兽拍打着地面，把他震得上下翻腾，牢房的砖瓦纷纷掉落，碎石四散飞溅。他被扬起的灰尘遮住了眼睛，什么都看不清。周围凄厉的

① 狗对人类的称呼。

狗叫，每一声都通过耳朵刺进他的脑袋。一大块墙体塌落，砸烂了他面前的铁栏，拉奇急忙向后一跳。难道是地狗来抓他了吗?

那怪兽来得突然，消失得也很迅速。又一面墙壁倒塌了，一只摞在高处的狗笼直直跌落地面，破烂的铁栏发出尖锐的刺耳声。

四周一片寂静，空气中弥漫着潮湿的金属气味。

是血! 拉奇猛然一惊，*死亡*……

剧烈的惶恐在他的肚子里翻搅。他侧躺在地上，被变形的笼栏夹在其中。他用力一蹬强壮的四肢，试图站立起来。但铁笼只是晃了晃，依旧把他压得死死的。

不! 他心里急吼，*我被困住了!*

“拉奇！拉奇，你还好吗?”

“斯维特，你在哪儿?”

斯维特的长脸穿过铁栏，抵在拉奇的脸上。“我那个笼子的门——笼子摔下来的时候，笼门被摔坏了！我还以为必死无疑。拉奇，我逃出来了——可是你——”

“救救我，斯维特！”

周围，微弱的呜咽声渐渐止息。难道其他被关着的狗全都死了？不。拉奇赶紧打消了这个念头，用力吼叫了几声，想打破这份沉寂。

“我能把你的笼子朝外拉一点点。”斯维特说，“你的笼门也松了。我们合力就能把笼门打开。”说着，她咬住铁栏开始

往外拖。

拉奇竭力保持镇定，把吃奶的力气全都用在挤抗狗笼上，后腿疯狂地扒拉，脑袋向前顶着，摆出一副与狗笼不死不休的架势。斯维特将狗笼一寸寸地朝前拉，中间偶尔停下来，用爪子将地上的碎石扒开。

“好啦，现在笼门松了点儿。你等着，我……”

但拉奇一秒都等不及了。笼门的上沿已经裂开，他扭动身体，努力扒住上沿，爪子从裂隙里伸出去，然后猛力向后拉。

笼门发出嘎吱声，上面缠绕的铁丝刺入拉奇爪子的肉垫——但笼门终究被扒开，他顺利钻了出去。

拉奇像受到电击般，身体从内到外都在颤抖，尾巴紧紧夹在后腿中间。他和斯维特环顾周围的一片废墟，到处是破损的笼子和尸体。一只皮毛滑顺的小狗躺在距离他们不远的地上，双眼睁着，却已经失去了生命的光彩。那面最后倒塌的墙壁下死气沉沉，只在砖瓦碎石之间能看到伸出的一只软塌塌的爪子。整个牢房的空气中都弥漫着死亡的味道。

斯维特悲伤地呜咽说：“这是怎么了？发生什么事了？”

“我觉得……”拉奇的声音抖得厉害，他平了平气息，继续说，“咱们遇到了‘裂地吼’。我曾经——我妈妈曾给我讲过地狗以及她放出裂地吼的故事。我想那个怪兽就是一只大裂地吼……”

“咱们得离开这儿！”斯维特害怕地说。

“没错。”拉奇缓缓后退，摇了摇头，想把沾在脑袋上的

死亡气息摇散掉。但死亡气息却如影随形，始终在他的鼻孔间徘徊不去。

他绝望地环视四周：倒塌的墙壁压在其他的狗笼上，残砖断瓦高高地堆起了一座小山，一缕清淡的阳光透过尘雾照射进来。

“去那儿，斯维特。去石头塌落的地方。走！”

斯维特不需要拉奇催促第二遍，急忙越过一堆堆的砖石。拉奇发现自己的爪子已经受了伤，于是更加小心地择路而行，时刻警惕四周可能出现的长脚。那些长脚们看到这里发生的破坏，难道不会过来瞅个究竟吗？

想到这里，他加快步伐。可是当他跟在斯维特后面从碎石堆上来到大街上时，就连长脚的影子也没有看见。

他迷茫地停下脚步，嗅了嗅空气。空气中有股奇怪的味道……

“快离开牢房，”他压低声音对斯维特说，“虽然不知道发生了什么事，但咱们应该快点离开，以免那些长脚们返回。”

斯维特脑袋耷拉着，发出一声哀鸣：“拉奇，我想不会有任何长脚留在这里。”

他们行进的速度很缓慢，路上很安静，只有远处偶尔传来一些凄厉的叫声。巨大的威胁感在拉奇的腹内渐渐滋生起来，他熟悉的许多马路和巷道都被堵塞了。不过，他依然不屈不挠地在残垣断壁之间寻找外逃的出路。无论斯维特怎么想，他仍坚持认为长脚们很快就会返回这里，他们必须在长脚们返回之

前尽快离开这个残破的牢房。

当他们逃得足够远，拉奇觉得可以停下来歇息的时候，天已经黑了。斯维特已经累得连一步都走不动，或许，无影狗只擅长冲刺，却不能长途奔驰吧。拉奇回头看着他们走过的路，看见四周建筑的阴影越拉越长，渐渐覆盖住了地面，把各处的墙角都笼罩在了黑暗中。他打了个寒战——也许就在那些黑暗的角落里还隐藏着其他动物，正在那里担惊受怕、饥肠辘辘。

他们这一路只顾从裂地吼的魔爪下奔逃，早已经疲惫不堪。斯维特一头倒在地上，剩余的力气也仅能把身体蜷缩起来而已。她的头搁在前爪上，合上酸困难耐的眼皮。拉奇紧挨着她趴着，以获得一些温暖和慰藉。

我现在还不能睡，他想，*保持警惕……保持……*

他猛然醒来，身体颤抖着，心脏咚咚直跳。

他睡得天昏地暗，梦里充满了裂地吼在远方发出的隆隆声，一眼望不到头的长脚们在后面追着他，还有那些发出嘟嘟鸣笛的怪叫笼。这个城市仿佛被遗弃了。

虽然碎石硌得难受，但斯维特依然睡得香甜，苗条的身体随着呼吸轻轻起伏。这番景象让拉奇感到很安心，而且她身上散发出的温暖气息也令他留恋。可是，他必须保持足够的清醒和警觉。拉奇顶了顶她的长脸，舔了舔她的耳朵。斯维特高兴地发出几声呜呜，站起身，对着拉奇也是一番又顶又舔，十分亲密。

“你的爪子怎么样了，拉奇?”

拉奇本来已经忘了，听到她的问询，这才感觉到爪子上火辣辣的疼，于是低头嗅了嗅肉垫上的伤口。伤口很深，血肉向外翻着，随着血流的涌动而一阵阵地发痛。拉奇轻轻地舔了舔伤口，把创口闭合，虽然不是愈合，但只要不再出血就好。

“我觉得好点了。”拉奇说。这句话中，只怕希望的成分比事实要多。他们悄悄地从浓密的树丛下钻了出来，精神保持高度紧张。

前方的路裂痕遍地，已经断了。土地拱起，露出一根长长的管子，水从管子里奔涌出来，直冲上天，形成一道彩虹。拉奇顺着倾斜的街道向远处眺望，看到冉冉升起的太阳狗散发出光芒，照在废墟中纠缠杂乱的金属棒上，灿灿生辉。拉奇记忆中的公园已经变成了一片水面，长脚们的一幢幢房屋，曾经看似坚不可摧，如今却都成了破砖烂瓦，仿佛被一只巨大的拳头砸了个稀巴烂。

“是裂地吼。”斯维特恐惧地喃喃说道，“这一切都是裂地吼干的。”

拉奇身体抖了一下，说:“你曾说长脚们会回来，的确如此，而且他们的数量还很多。现在却一个都看不见了。”他竖起耳朵，伸舌头感受了一下空气——有灰尘的味道，还有股泥土的腐烂味道。“就连怪叫笼都不会移动了。”

拉奇伸长脖子，用头顶了一下其中的一个怪叫笼。怪叫笼的长鼻子被倒塌的墙壁埋在下面。它的钢铁身躯反射着微光，

像是死在了那儿，既不发出鸣笛，也没有隆隆轰鸣。

斯维特一脸震惊地问："我一直都不知道这家伙是用来做什么的。你怎么称呼它？"

拉奇疑惑地瞅了她一眼。她竟然不认得怪叫笼？

"它叫怪叫笼。哦——长脚们就坐在这里面四处奔走。怪叫笼没有咱们跑得快。"

他实在不能相信，斯维特对长脚们竟一无所知。面对这么一个无知的同伴，拉奇对未来的逃亡生活有种不妙的感觉。

拉奇又嗅了嗅，空气中充满了腐烂、奄奄一息和危险的气味，令他十分不安。

*对于狗，这里不再有家的气息了，*他心想。

他走到往外喷水的洞口边，看见水面上泛着油花，浮现出彩虹般的七色光彩。水散发出刺鼻的怪味，但口渴的他顾不上许多，低头贪婪地舔了起来，尽量不去感受那种怪味。他一边喝着，一边扭头去看斯维特喝水时的反应。

只见她没喝几口就抬起了头，嘟囔着说："太安静了。我们得离开长脚的这座城镇，上山找个清静的地方。"

"这里很安全呀，"拉奇说，"我们可以住在长脚的房子里——或许还能找到食物。这里到处都是藏身的地方，听我的没错。"

"可那些地方还有别的东西藏着呢，"斯维特恼火地说，"我不喜欢。"

"你有什么好害怕的？"拉奇觉得她身手矫健，而且脚力

很好，能够在深草丛中奔跑，“我敢打赌，世界上没有谁能跑得过你！”

“那是在空旷的平地。”斯维特紧张地左右张望，“城市里到处是拐拐角角，根本放不开速度跑。”

拉奇四下里张望了一下，发现斯维特说得没错——房屋拥挤不堪，的确没开阔的地方。或许她的烦恼并非没有道理。“至少咱们不能在这里待着不动吧。虽然现在一个长脚也没看见，但难保附近不会出现。我可不想再被关进牢房里了。”

“我也一样。”说着，斯维特示威似的龇了一下牙齿，“我们应该多找些同类，聚成一支强大的队伍！”

拉奇表示怀疑地咧了咧嘴。他一向喜欢独来独往，既不需要其他狗的帮助，也不打算去帮助别的狗，根本不理解那种彼此依靠、服从首领的生活。那种互依互助的团队生活，他想一想就起鸡皮疙瘩。

显然，斯维特和我的观念不一样，他暗想。提起组成狗群的事，斯维特兴奋起来，喋喋不休地说：“你会喜欢狗群生活的！我们曾经一起奔跑，一起捕猎，捉兔子，追耗子……”她的声音越来越弱，目光中满是依恋，透过一片废墟看向远方，“然后长脚们来了，一切都被毁得面目全非。”

拉奇听出了她话语中的悲切，忍不住问：“发生什么了？”

斯维特抖了抖身子，说：“他们把我们包围住。好多的长脚啊，头上的毛都是棕色！因为我们一直都在一起，所以才被一网打尽。但——”她的声音忽然变得尖厉——“我们决不会

让一只狗掉队。这就是狗群的规矩。我们坚守在一起，无论身处顺境还是……逆境。”痛苦的回忆令斯维特黑色的眼睛变得幽深。

“你的狗群和你都被关在牢房里?”拉奇同情地问。

“是的，”她突然想起了什么，说，“等等，拉奇。我们必须回去!”

眼见斯维特往回跑，拉奇急忙跳过去拦住她，说:“不行，斯维特!”

“不行也得行!”斯维特想绕开拉奇，却被拦得死死的。

“他们是我的伙伴。没有得到他们的音讯之前，我不会离开这里！万一他们仍有幸存……”

“不可能，斯维特!”拉奇怒吼道，“那个地方已经被砸成稀巴烂了!”

“可我们也许漏掉……”

“斯维特，”拉奇竭力放缓语气，安慰似的去舔她愤怒的小脸，“那里已经成为一片废墟。他们都死了，去见地狗了。我们不能在这里逗留——万一长脚回来……”

最后这一句话似乎起了效果。斯维特心有余悸地回头看看，深深叹了口气，开始掉头往前走。

拉奇暗暗松了口气，赶紧上前陪着她走。两只狗身子紧紧贴着。

“你也有朋友被关在牢房里吗?”斯维特问。

“我?”为了让她的情绪好起来，拉奇故作轻松地说，

“不，我是一只独行狗。”

斯维特奇怪地瞅了他一眼：“这不可能。狗都是成群结队生活的！”

“可我不是。我喜欢独来独往。我是说，我知道有些狗喜欢群体生活，”他怕对方敏感，赶紧加了一句说，“可我自从长大后，一直都是独自生活。”说着，他忍不住自豪地扬起头，“我能照顾自己。城市是最适合狗居住的地方。不信我带你四处瞧瞧！食物随处可见，想睡觉就找个墙缝钻进去，还能避雨——”

可这种日子还会有吗？

他忽然有些犹豫不定，看着眼前残垣断壁的街道，倾斜的路面和废弃的怪叫笼，眼神有些茫然。

*这里不安全，*他心想，*我们得尽快离开这儿。*

可是他不打算把自己的担心告诉斯维特，她已经够焦虑了，要是有什么东西能够分散一下注意力——

“有了！”

拉奇兴奋地叫了一声。他们刚拐过一处墙角，就在路边的另一处废墟里，他闻到了——*食物的气味！*

他立刻撒开四条腿，跃上一个倾倒的大铁箱子。他曾见过那些长脚们把要扔的东西丢进这种铁箱子里，然后把铁门锁住。因此他从来没有享用过这些被丢弃的食物。如今这个大铁箱子翻倒了，半腐烂的垃圾撒在地上，许多黑乌鸦在垃圾中啄食。拉奇高高地扬起头吼叫了几声，乌鸦们立刻惊得四散

飞走。

“快来！”他一边叫着，一边冲向散发出腐臭味的垃圾堆。斯维特也欢叫着跟在后面。

拉奇刚把鼻子戳进垃圾里，就听扑棱棱的翅膀响，乌鸦们又飞回来了。他一蹦三尺高，龇牙咧嘴地对着一只不知死活的臭鸟怒吼，那只鸟吓得赶紧又飞上天空。

拉奇又吼了一声，脚掌陷进垃圾里，伤口处立刻传来一阵剧痛。那种感觉，就好像被一只最恶毒的狗把牙齿深深嵌进他的肉里一般。他忍不住哀号起来。

斯维特在黑压压的乌鸦群里左右冲刺，把它们都撵散了。拉奇坐下来舔舐伤口以缓解疼痛。他热切地嗅着空气，享受着垃圾散发出的气味。一阵阵的满足感最终消解了爪子上的疼痛。

拉奇和斯维特尽情享受着乌鸦们吃剩下的美食，幸福的感觉充斥胸中。斯维特从一个纸桶里扒拉出好几根鸡骨头，拉奇则找到了一块干硬的面包。可是，虽然两只狗胃口大开，但收获的食物却太少了。

“看来我们要在这个城市里饿肚子了。”斯维特一边舔着空空如也的食物盒子，一边诉苦说。她用一只爪子按住盒子，嘴伸到盒子里舔。

“不会的，相信我。咱们还能找到别的食物。”拉奇想起曾经去过的一个地方。他轻柔地顶了一下斯维特的肚皮，说：“我带你去个地方，保证撑破你的肚子。”

斯维特的耳朵立刻直竖起来:“你说真的?”

“当然真的啦。你去了那个地方，肯定会对这个城市的印象大为改观。”

拉奇自信地走在路上，想着那丰富的食物，嘴里都流口水了。斯维特紧随其后。因为有她的陪伴，因为能够给她提供帮助，拉奇的心情很好，这真是奇怪的感觉啊。往常，他总以为孤独的日子最美妙，可是……现在不这么想了。

或许，裂地吼改变的不只是这座城市，也改变了其他的东西吧。

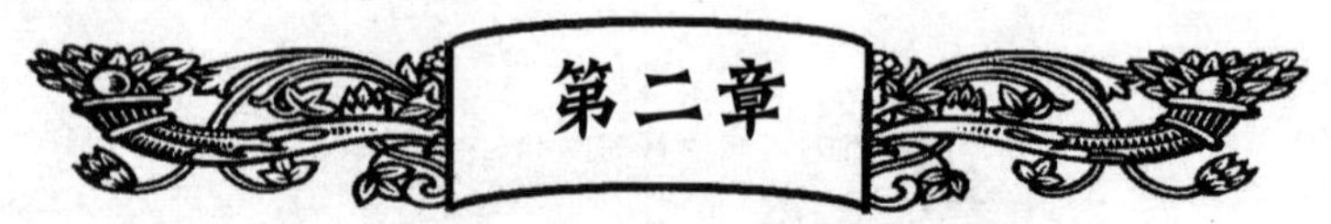

第二章

斯维特亦步亦趋，跟着拉奇走过荒凉的街道。

拉奇原以为会遇见其他狗，或者撞见几个长脚。可谁想整个城市都空荡荡的，静谧得可怕。不过还好，他们发现了几处陈旧的尿迹，心里多少有些安慰。拉奇停下脚步，在翻倒在地的一个沙发上闻了闻，嗅到一只母狗留下的尿迹。

"他们就在附近。"斯维特的话打断了他的思路。她低头凑近那片尿迹，耳朵竖立起来："这个信号很强烈——城市里还有其他的狗！难道你闻不出来吗？"

拉奇有些恼火：斯维特为什么固执于找到狗群呢？难道由他陪着还不够吗？

"就算有，现在也都走远了。"拉奇退后两步说，"我们现在想追也追不上了。"

斯维特扬起鼻子嗅探了一下空气，说："可我闻着他们就在不远处啊。"

"之所以气味浓烈，是因为这里曾经是他们的领地，所以他们才会不断留下尿迹。听我说，斯维特，他们早已经走远了。我能嗅到他们从远处飘来的气味。"

“真的?”斯维特将信将疑，“我能追上他们。我的脚快，能追上所有的东西。”

我干脆任由她去不就得了? 拉奇暗想，*如果她真的这么迫切要找到一支狗群，我应该让她努力去追寻啊。*

然而，这个想法到了嘴边却变成了警告：“不行，斯维特，你不准去。我的意思是，你不应该去。”看见斯维特脸上的怒意，拉奇急忙解释：“你对城市一无所知，很可能迷路呀!”

斯维特有些丧气，伸长脖子嗅了嗅四周，忽然怒吼道：“为什么会发生这种事，拉奇?我以前生活得多自在，我的狗群也很自在!我们在开阔的田野里无忧无虑，根本不用害怕什么长脚。如果他们别盯着我们，如果他们没有把我们关进那间可怕的牢房……”

深深的悲切令斯维特的话语中断。拉奇坐在她身旁，想找些话来安慰。可是他很少和别的狗打交道，曾经的伤害让他宁可孤独地生活。

他张开嘴要说什么，可又不知说什么，于是又合上了。这时，忽然一群凶残暴虐的动物冲了出来，狂吼着涌进他们前方的一条街道。

拉奇感觉自己犹如掉入了冰窟。起初，他还以为这群毛长牙尖的家伙是利爪[①]，但很快就发现那些动物和他们不一样——截然不同。那些动物长得个个浑圆，屁股后拖着浓密

① 某种凶猛的动物。

的大尾巴。他们既不是狗，也不是大老鼠。拉奇警告性地吼了一声，但那些动物根本不予回应——他们正忙着趴在一个尸体上争抢夺食。那具尸体已经被撕扯得稀烂，拉奇难以分辨它的本来面目。

斯维特站在一旁，警觉的目光死死盯住那些动物。她飞快地顶了一下拉奇的脖子，说："别担心，他们不会伤害咱们。"

"你确定？"拉奇问。他瞥了一下其中一只动物的脸：那是一张凶狠的黑脸，仿佛满脸都是邪恶的小牙齿。

"他们是浣熊。"斯维特回答说，"只要别靠近他们就没事。别盯着他们看，否则他们会感到威胁。他们肯定也和我们一样饿坏了。"

拉奇跟着斯维特绕开他们。经过时，斯维特龇牙瞪眼，露出一副凶狠相。拉奇也照着做，心里却直打鼓。

*这个城市里可不是只有我们在找吃的。*拉奇忽然意识到，随着所有的一切都被掩埋在废墟下，以往唾手可得的食物已变得遥不可及，现在到了奋力求生的时候了。他迈开大步，想要避开这群浣熊，越远越好。

就在几条街道之外，飘来一阵拉奇熟悉的气味，他兴奋地叫了一声。他要找的就是那条巷道！他向前冲了几步，坐下来用后爪挠了挠耳朵，想高高吊起斯维特的胃口。美食的气味愈发浓烈，至少在这里，他敢保证能吃到一顿大餐。

"快来！"拉奇叫唤道，"保证不让你失望。"

斯维特跟在他后面，疑惑地张望说："这是什么地方？"

拉奇朝一些洁净的门窗点了点头，只见那里竖立着一些长长的管子。通常情况下，管子里都会冒出浓郁的鸡肉味儿——可今天没有。不过，肯定是这个地方没错。拉奇激动地原地打转，尾巴摇摆得很厉害。

“这是食物房。里面住的长脚经常把食物送给别的长脚！”

“但我们不是长脚呀。”斯维特提醒说，“谁会送给我们食物呢？”

“等着瞧好了。”拉奇淘气地跳上前，绕过倾倒的垃圾箱和一个小小的碎石堆。他根本不去想如今这些建筑毁坏得有多严重，也不去想到目前为止他们还没有看见任何一个长脚走在街上。“我们按照老猎手说的做。他可是行家！”

斯维特顿时眼前一亮：“老猎手？他是你的队员吗？”

“早告诉过你，我没有队员。老猎手只能算是一个朋友。就算是独行狗也会有几个捕猎伙伴！仔细瞧着，照我的样子做……”

这种获取食物的方法太简单了，根本不用花时间学——拉奇为自己能够教斯维特一些东西而感到高兴。他端坐着，脑袋侧歪，舌头从嘴里耷拉出来。

斯维特在他身边转了一圈，也学着他的姿势蹲下，昂起头嘀咕道：“我不明白。”

“相信我好啦。”拉奇不满地说。

斯维特又号叫了一声，然后尽力去模仿他的动作。

“就是这样！”拉奇嚷嚷说，“把一只耳朵稍微竖直一点儿。

像这样，看到了吧？嘴巴要张得友善些——看上去很饥饿，却不抱太大希望的样子！你学得真好！”

他晃着尾巴，用鼻子轻轻顶了顶斯维特，随后就把注意力重新放在食物房的大门上，等待着，他相信很快就会有一个长脚看见他们的。时间缓缓流逝，拉奇的尾巴越晃越慢，直到最后无力地垂落在地。大门始终紧闭着，于是拉奇上前去扒拉大门，仍然没有反应。他轻轻地发出一声充满敬意的呜呜。

“咱们到底要这样等多久？这未免显得有点太——下贱了。”斯维特说着，舔了舔嘴角，继续让舌头耷拉在嘴外。

“我不明白……”拉奇尴尬地垂着尾巴。那位友好的长脚去哪儿了？他一定是没有逃脱裂地吼的魔爪。拉奇又扒拉了一下大门，仍然没什么动静。

斯维特抬头嗅了嗅空气说：“我觉得这不成。”

“长脚肯定是忙得来不了吧。”拉奇嘟囔说，“这个地方对他们很重要，不可能不管不顾的。”他强打精神，忐忑地绕到侧门，抬起前爪按在木门上，发觉木门被压得有些弯曲，嘎吱作响。

“瞧！食物房被砸坏了。”他用牙齿咬了咬门边松弛的合页，说，“所以长脚们才会忙得来不了呢。跟我来！”

屋里散发出阵阵诱人的食物香味，斯维特顾不上怀疑，急忙上前帮拉奇推门。用鼻子顶，用爪子拽，上牙咬，一番折腾后，木门终于裂开了一道口子。拉奇先钻了进去，由于受到期待中美食的刺激，尾巴又开始摆动起来。

他放慢脚步，目光从屋内缓缓扫过。他从来没进入过这里，只见到处都是巨大的铁盒子，还有弯弯曲曲、如同长虫一般的铁管。拉奇知道，以往这些铁管里充满了长脚们制造出来的那种看不见的东西，嗡嗡声不断——可是现在再也不嗡嗡响了。水滴从坍塌的天花板坠落，墙上的宽大裂纹如蜘蛛网般密布。

大铁盒子上，映现出他和斯维特模糊的身影。看见自己被扭曲的脸，拉奇顿时吓得打了个哆嗦。尽管嗅到浓浓的食物香味，但他心里仍然忐忑不安。

“我不喜欢这里。”斯维特悄声说。

拉奇深有同感地说：“今天有些诡异，平时不是这样的。不过我想问题不大，应该是裂地吼造成的破坏，才使我们有这种感觉吧。”他谨小慎微地在碎石和一片狼藉中嗅来嗅去，斯维特一旁看着，鼻子因为内心的不安而皱成一团。拉奇说：“别怕，跟我来！”

斯维特走在碎石遍地的屋子里，每走一步，爪子都抬得高高的。

屋里还有一道门，很容易就推开了——容易得简直过分，轻轻一推，门就前摇后摆，晃晃悠悠，差点儿砸到斯维特的鼻子，好在她跳开了。

门后的景象更是一塌糊涂，长脚们的东西散落一地，墙壁坍塌扬起的灰尘厚厚地覆盖在所有东西上。拉奇身上冒起阵阵寒意。

砰

哗 啦
拉奇……

他忽然停下脚步，露出唇后的利齿。*那是什么气味？我曾经闻过，可是*……他忍不住惊叫起来，只见角落里有东西在移动。

拉奇小心地上前几步，俯卧在地上。钻入鼻孔里的气味很浓。他向前扑去，落在一处废墟上。这里有东西！

一阵白灰扬起，拉奇听到一声呻吟，接着就听那个东西气息微弱地说着话，那是长脚的语言。他只听出了其中的一个词："拉奇……"

声音非常虚弱，却很熟悉。拉奇惊恐地低鸣着，牙齿咬住废墟中一根巨大的房梁，用尽浑身力气向后拖拽。他的肌肉因为用力过猛而颤抖，牙齿几乎从牙槽上脱落。情况不妙！他松开口，后退几步，大口喘着气。那个长脚被压在房梁下，一动不动，脸上留着干透的血迹。

尽管直觉令他产生了逃离的冲动，但他仍然凑上前，低头察看那个长脚的情况。长脚的一只胳膊露在废墟外，已经扭曲成怪异的角度。长脚脸色惨白，嘴唇乌青，不过当他看到拉奇时，脸上显出一抹笑容。

"他还活着！"拉奇轻柔地将长脚鼻子和面颊上的灰土舔去。他以为舔掉灰土，长脚就会像往常那样容光焕发起来。可谁知灰土去掉了，长脚的脸色依然灰蒙蒙的。他的呼吸更是细若游丝，仅能吹动拉奇脸上的毛而已。

长脚的眼睛出现了一丝光亮，痛苦地呻吟着，他颤悠悠地伸手在拉奇的头上抚摩着。拉奇又舔了舔他，用头拱了几下，

却见他的手臂垂落，两眼再次闭合起来。

“醒醒啊，长脚。”拉奇哀鸣着，舌头在那张冰冷苍白的脸上舔来舔去，“醒醒啊……”

拉奇等待着，可长脚的嘴唇没有丝毫的活动。

即使是那游丝般的呼吸，也最终消失了。

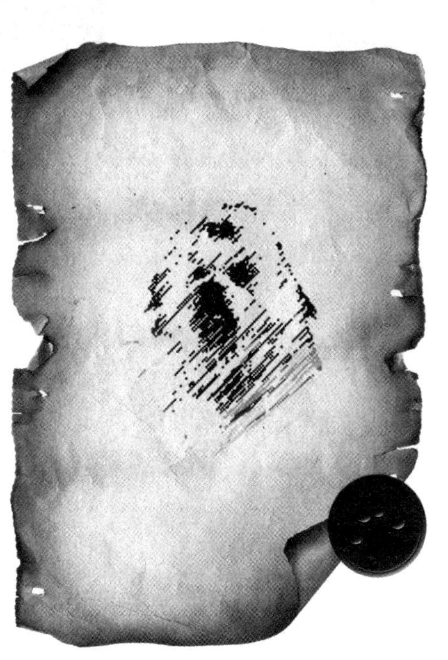

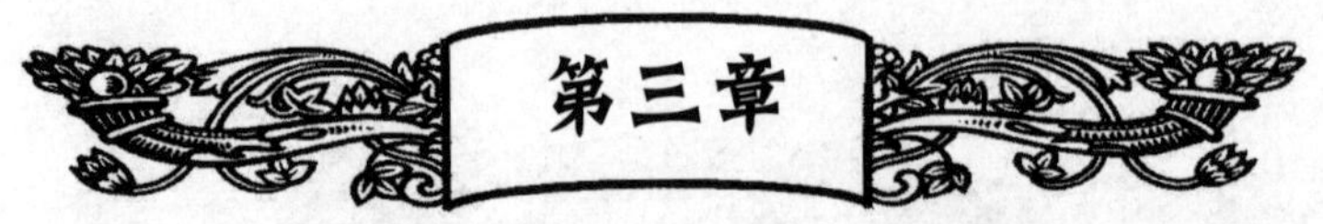

第三章

凄厉的号叫撕裂了令人窒息的沉默。拉奇转身回到斯维特身边，见她身上的每一根毛发都因为恐惧而竖立起来，尾巴夹在两腿之间，爪子笨拙地向后退。

“我不想待在你这个城市！”她哀怨地说，“这里死亡遍地，危险丛生。我受不了！”

她发出一声厌恶的吼叫，朝门外冲了出去。粗暴撞击下，铁门又剧烈地摇摆起来。拉奇急忙追过去，但他的速度如何能比得过无影狗。

幸好外屋的空间狭窄，斯维特的速度施展不开。她被困在铁盒之间，周围扭曲的倒影让她更加慌乱，一路连滚带爬，误撞在一堵墙上。拉奇冲上前，将她按在地上。

斯维特强烈地挣扎着，但拉奇用前爪死死地按住她的身子，目光紧盯着她说：“冷静点！你会受伤的。”

“我要离开……”

她的叫声逐渐减弱，最后变成焦急的喘气。拉奇轻声安慰说：“没什么好怕的，斯维特。那个长脚只是死了而已。”他又用老一套的说辞，试图让对方平静下来：“生死是很自然的

事情。就好比我们死以后，灵魂会离开躯体，成为天地的一部分。”

拉奇从小就接受这种生死观的教育。当一只狗走到生命尽头时，他的身体会去地狗那里，而灵魂则会飞散出来，与空气中的各种气味交融，成为天地的一部分。那个长脚也是如此，拉奇对此十分肯定。

斯维特的呼吸平稳下来。拉奇仍能看到她眼中的恐惧，于是谨慎地松开双爪。斯维特从地上爬起来，气冲冲地说："我知道。但我不想靠近长脚们飞散的灵魂。我想和伙伴们在一起。我们要找到其他的幸存者，然后大家一起尽快离开这个鬼地方！”

“可我们不需逃避什么——现在没什么东西能伤害我们，斯维特。食物房被裂地吼摧毁，压在了那个长脚的身上，仅此而已……”拉奇需要斯维特的信任。如果他能帮助斯维特重建信心，或许对自己也有很重要的意义吧。

“其他的长脚到哪里去了?”斯维特扭头张望，“拉奇，他们死的死，逃的逃！我要离开这里，找到狗群。你应该和我一起走！”

拉奇张开嘴巴，可话噎到了嗓子，只是悲伤地看着斯维特。斯维特转身欲走，一只脚却抬在半空僵住了。她回头凝视拉奇，心里不确定地舔了舔嘴唇，问："你不和我一起走吗?”

拉奇犹豫不决。他一点儿都不觉得寻找狗群有什么好，可是——出于某种莫名的原因——他不想离开斯维特。他喜

欢斯维特陪伴在身边的感觉。此刻，他开始对独自生活的憧憬有了动摇。而她正等待他的决定，耳朵竖立着，两眼充满了期待……

拉奇抖了抖身子。他从小到大都生活在这里，天生就是一只——独行狗。

“我不能走。”

“可你不能留在这里！”斯维特急吼道。

“我对你说过，我不喜欢群体生活！过去不喜欢，现在不喜欢，将来也不会喜欢！”

斯维特怒吼道：“狗不应该独自过活！”

拉奇充满歉意地看了她一眼，说：“我例外。”

斯维特长叹了口气，走回他身边，伸出小舌头舔他的脸。拉奇回应地顶了顶她，强压住心中涌起的哀号冲动。

“我会想你的。”斯维特平静地说完，转身钻出大门。

拉奇急走几步，说：“你不是必须……”还没说完，就看见对方的尾巴从眼前一晃而过，她走了。拉奇呆呆地盯着空荡荡的屋子。

他盯了很久，身体连动都不想动。最后他趴在地上，下巴枕在前爪上，听着斯维特的脚步声渐远渐逝，隐没在荒凉的街道里。声音消失了，但她的气味仍滞留在空气里。拉奇宁愿这气味立刻消失——连同那种针扎般的孤独一起消失。

拉奇合上双眼，努力把注意力放在别处。

很成功，可肚子却饿了。

饥饿就像一只尖牙利齿的小老鼠在咬噬他的胃。胃难受，可心里却好受了些——至少把他的心思从斯维特身上引开了。他想：或许这就是我不能和其他狗待在一起的原因吧。

回到长脚被砸死的那间屋里，拉奇在每个角落里嗅啊扒啊，把残留的面包屑和黄油舔了个干净。黄油洒落在地上一堆破碎的东西上，所以他舔的时候必须很小心才不会割伤舌头；然后他跳到一张尚未翻倒的桌子上，找到了一点点残羹剩饭。可吃的东西太少了，不但不能够压住饥饿，肚子里叽里咕噜的雷鸣声反倒更响了，上下牙齿咬得更加凶猛。自始至终，他都离那具长脚的尸体远远的，连看都不敢看一眼。

我现在自食其力，日子就该这么过。

他觉得外屋摆在墙边的铁盒子里应该有食物，于是去扒门，可怎么都扒不开。他饿得呜呜叫，对着铁盒子门又拉又咬，但那些铁盒子门却纹丝不动。他冲过去，使劲往铁盒子门上撞，仍然没有作用。看来，他只得到别处去找找吃的了。

“至少不再被关着了，”他心想，“和以前过得一样自由和安闲。”过去他都是自己照顾自己——今后也不会变。

拉奇穿过走廊，发现这里比往日显得空荡许多。他心中不安，在碎石堆间惊惶奔跑，一口气跑到走廊尽头的开阔地。这里就一定能有收获吗？拉奇曾在这里见过车水马龙的繁忙景象。

如今那些被长脚们称为“车子”的怪叫笼倒是仍有许多，可没有一辆会动；而且不管是凶恶的还是友善的，长脚们都不

见了。一些怪叫笼侧躺在地上——其中一个长怪叫笼的头部扎进一栋楼里，满地都是那种闪闪发光的净亮石[1]。拉奇小心翼翼地踩着破碎的净亮石，脖颈上的毛忽然竖立起来——空气中有长脚的味道，而且是食物房主人的气味。此刻，那沉甸甸的寂静如同大山一般压在拉奇的心上，这份沉闷仅仅被偶尔响起的水滴声刺破。

高高的天上，那只明亮的太阳狗发出的光照在裂地吼魔爪下残存的建筑上，拖出长长的阴影。每当走在阴影下，拉奇就感到浑身发抖，于是加快步伐，走到阳光下才放慢速度。眼看着地上的光团越来越小，阴影却越来越长，而他腹内的饥饿感也越发难忍。

或许我该和斯维特一起离开……

不不，这个想法毫无意义。他重新成为了一只独行狗，这多好啊。

想到这里，他转过身，毅然决然地走入另外一条巷道。这是他的城市！想吃就吃，想睡就睡。就算是辛苦地在食物房内刨食，或者在街上寻找被乌鸦老鼠们忽略、已经发馊的食物，他也是自食其力、独立生存的拉奇。

他不会饿肚子的。

拉奇打定了主意，于是停下脚步。这个巷道不像其他的地方那样被裂地吼毁坏得厉害，但路面上仍有一道宽大、幽深的裂缝，两个破烂的箱子被掀翻在地。没准儿在那里扒拉一番，

---

① 即玻璃。

能得到一顿丰盛的美餐呢。拉奇跳到距离较近的一个烂箱子上——他的身体骤然僵直，皮肤下的每一根神经都绷紧了。他嗅到一股浓烈刺鼻的气味，对此他再熟悉不过了。

有敌人！

他双唇后翻，露出牙齿，嗅了嗅空气以确定对方的位置。在他的上方是一组狭窄的台阶沿墙而上。在本能驱使下，他的眼睛、耳朵、鼻子等器官的注意力全部投向了台阶上：那是个埋伏的好地方，对方一定会潜藏在上面，露出爪牙，等待致命一击。

他看到了：条纹皮毛竖立起来，尖尖的耳朵贴在脑门儿上，闪着微光的细碎牙齿显露无遗。对方俯身蓄势，摆出攻击的姿态，嘴里发出邪恶阴险的低吼。

是利爪！

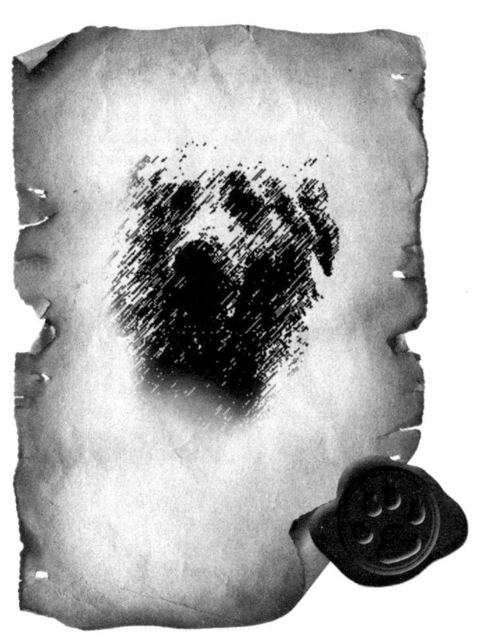

第四章

一双绿幽幽的眼睛居高临下地盯着拉奇。他强压住内心的紧张，因为利爪能够嗅到他身上散发出的恐惧气味；他不能让对方感觉到自己丝毫的犹豫。

于是，他露出牙齿，抬头朝对方发出自己最凶狠的吼叫。

利爪，我也不是好惹的……

对方站了起来，整个身体弓曲着，骤然膨胀至原先的两倍大小，身上的毛笔直竖立。他的一只前脚微抬，利爪从肉垫中露出锋芒，蓄势待击。拉奇强迫自己不回避敌人的目光，而是坚定有力地回视过去，喉咙中发出的咆哮愈加低沉。

利爪忽然从摇摇欲坠的台阶上跳起，异常灵动地落在一个怪叫笼上，凶狠地盯着拉奇。

忽然，那个怪叫笼醒了，发出凄厉的鸣笛声，前后橙色和白色的眼睛一起闪光。拉奇和利爪冷不丁地都被吓了一跳，然后同时向外蹿出。

尽管爪子受了伤，但在恐惧的驱动下，拉奇仍跑得上气不接下气。他一边跑一边叫，感觉快要被尖厉的汽笛声淹没了。冲过一处墙角，拉奇跑得更加迅速，只想快点离开那些怪叫笼

和楼房。

可是，另一只漆黑如墨、僵硬如木头的利爪挡住了他的去路。

利爪见拉奇根本没放慢速度，耳朵顿时贴在脑袋上，张开嘴一阵咆哮。拉奇冲向对方身侧，同时颈毛奓立，发出怒吼。他必须速战速决！于是他高高跃起，整个身体砸向对方，只觉得自己完全失去了平衡，和那只利爪扭打在一起。敌人惊慌大叫，一只爪子从拉奇的肩头扫过，留下一道血痕。

拉奇翻滚着爬起身，瞥眼看见敌人仓皇逃进附近的一处巷道里，显然是知难而退了。可见拉奇的攻击虽然笨拙，却很奏效。他大口喘着气，四条腿不住地打战。侧耳听了听周围的动静，发现那个怪叫笼已经不叫了。

哼，他们就是这样，总是叫一阵后就不叫了。

等拉奇的情绪稍微稳定后，立刻飘飘然起来。他，拉奇，生活在这座城市的独行狗，竟然吓得怪叫笼不敢叫唤了！唉，要是有个老猎手能目睹他的光辉事迹该多好啊！但他随即打消了这个念头。刚才些许的难堪早就被此时的骄傲击飞到天外。他仍然顶天立地、聪明绝顶、横行街道，和往日一样。管它是什么裂地吼还是裂天吼呢，都不能把他怎么样。

等肌肉不再颤抖后，拉奇这才继续走路；眼前的这条马路似乎通向一个曾经很热闹的中心。方向明确了，而且是他决定的方向，是他的选择：当一只独行狗感觉真好。

拉奇一边朝城外走，一边四处张望：沿途毁坏得并不严

重，长脚们的房屋也没怎么倒塌。

最后他停下脚步，认出周围的街道正是长脚们居住生活的地方。不过，这里可不是那种一层一层的石笼子……这里的房子错落有致，每座房子都有一个小花园，里面飘散着各种诱惑的气味。而其中最为诱惑的气味就是……

拉奇张开嘴巴，耳朵竖立，热切地嗅着空气。虽然那个气味很稀薄，但凭着直觉，他的胃开始剧烈蠕动。

食物! 拉奇立刻冲向气味的源头。*是肉!* 是正在长脚的铁火箱中烘烤的肉！火箱里的火是隐形的，但火力却很足，生肉放进去后被烤得焦黑，散发出的气味是那样的强烈，那样的浓郁，那样的……

一只黑鸟忽然从树上飞起，吓了拉奇一大跳，他不由得放慢脚步。是啊，就算再饿，也不能鲁莽。经验告诉他，并不是所有长脚都愿意送给他吃的。有些长脚很小气，把他们的食物护得死死的，就像狗妈妈保护狗宝宝们一样。

不过，他可不是一只容易退缩的狗。他小心翼翼地放轻脚步，身上的毛激动得竖立起来。他仿佛已经尝到了那个食物的味道，就连肚子似乎也饱了一些。快了！快了！

拉奇走到一株低矮的小树下，舌头耷拉着，咧着大嘴巴，尾巴有力地甩来甩去。他看到，一个简陋的木屋坐落在荒草丛中，有个冒着嗞嗞蒸气的火箱，还有一个长脚——膘肥体壮的，挺着个硕大的肚子。

除此之外，还有一只暴狗——和他的主人一样膘肥体壮。

主人和狗都在树荫下打盹。主人躺在火箱旁的绒毯上，恶狗趴在他的脚边。拉奇在争抢食物方面可谓经验丰富，所以一看到那条恶狗，就知道这种类型的通常都力大气足，而且脾气可能很暴躁。

不过，眼前的这只或许例外呢？说不定乐意和自己分享食物呢？

拉奇犹豫不定，喉咙里发出轻微的呜呜咛咛。食物的香味太有诱惑力了，可是……

他们怎么会在这儿？所有的长脚不是都死的死、逃的逃了吗？这个长脚为什么没有离开？看他在太阳狗下打盹的懒样儿，似乎从来不知道发生裂地吼的事情。

又或许这个长脚和他的暴狗都已经死了？拉奇不确定地嗅了嗅空气。烤肉的香味很浓郁，很可能掩盖住了死亡的气味……

拉奇警惕地往前迈了一步，看看没有动静，然后又迈了一步，尾巴高高翘着，口水不断从嘴角淌下。他舔了舔嘴巴。无论是长脚还是他的狗仍旧一动不动地躺在那儿。

眼前的绝好机会可不能放过。他现在距离火箱很近，里面嗞嗞作响的肉块看得清清楚楚。这个距离和角度正适合……

拉奇一跃而起。

长脚的眼睛骤然睁开，腾的一下站起来，手中挥舞着一根棍子。这是个大嗓门儿，吼声差点儿把拉奇的耳朵震聋了。那只暴狗也醒了，迅速做出攻击姿势，猛烈的咆哮如排山倒海般

噔
有小偷！
哒哒哒
别跑！

倾泻而出。

“回来！肉是我的！想找揍吗?”

拉奇可硬扛不过长脚手中的棍棒，更别说和那条下颚有力的暴狗对着干了。他吓得扭头就往花园外跑，本来还饿得肚子疼，经过这番惊吓，忽然不疼了。

他跳过一处坍塌的墙壁，沿着坚硬的马路朝南奔跑。尽管知道暴狗肯定在后面追赶，但他却不敢回头看。如果被暴狗追上可就完蛋了。他的爪子踏在崎岖不平的路面上，好几次差点儿摔倒。粗气呼呼地喘着，心脏咚咚地跳动，恐惧吞噬着每一根神经，他跑在路上，路却仿佛永远没有尽头。

可只要是路，便终有尽头。

前方，黑暗张开了大嘴。他想都没想，直接蹿入小道后骤然滑步，停下猛冲的势头，粗糙的地面将他的后腿刮得生疼。四爪在碎石间扒拉，尾巴来回摇摆。直到向前滑动了一段距离，拉奇这才停了下来，四只爪子火辣辣地生疼，原来的伤口更是随着血管的搏动一阵阵跳痛，只怕是又绽开了。

他抬起头，发现自己恰好躺在一个黑黢黢的深坑边缘。他挣扎着爬起来，胆战心惊地低头嗅嗅深坑。深坑的宽度超过他的身长，坑底隐没在浓厚的黑暗里。

他紧张地后退一步，抖了抖身子，飞快地又朝坑下瞄了一眼。地狗是不是就躲在下面等他呢，就像当初等闪电狗一样?她会突然跳出来将他拖入坑中吗?尽管心里害怕，但他很难相信裂地吼的行为是地狗指使的。她为什么让它破坏自己的家?

或许，地狗也畏惧裂地吼……

拉奇的身体发起抖来，动都动不了。他深吸了口气，沿着坑边走了几步，这才渐渐恢复了一些勇气。

他决定绕着深坑走。他先选了一个方向走了一会儿，发觉绕不过去，然后又朝相反的方向绕，却仍没走到尽头。恐惧又在他的心里滋生出来。这个深坑跨越了许多花园，远远超出他的视线所及。甚至还有一个长脚的房屋倒塌在坑内。他焦急地前后奔走，嘴里发出绝望的低吼。

拉奇不敢走得太远。虽然坑对面有几棵大树，但树冠遮住了深坑，使他更不好判断深坑的宽度。直接往对面跳要冒极大的风险，只要是街道狗都能够轻易判断出这一点。

这时，他听到后方远远传来暴狗的声音：

“站住！你这偷食贼！我要好好教训你！有胆再回来试试！”

拉奇竖起耳朵对着吼声传来的方向。感谢天狗，幸亏他的敌人话多，若是对方省口力气，说不定早就捉到他了。但尽管如此，对方也很快就会追过来……

只有拼一把了。敌人步步进逼，拉奇反倒朝来路后退。能否跃过深坑就看这一次了，他必须留出足够的助跑距离。

拉奇，拉奇，期待奇迹发生吧。

他猛然转身，面对着深坑开始加速助跑。速度越来越快，飞一般的四爪从地面掠过，深不见底的深坑正张开大口在前方等待。他奔至坑边，后腿用力一蹬。此时，他的身下空空，只

有死亡和黑暗潜伏……

地狗正等着将他吞吃……

突然，他脚下一实，接触到了地面。他顺势向前翻滚，尽管骨架痛得几乎要散开，但心中却无限欢喜。他还活着！

拉奇没有马上站起来，而是躺在地上大口地喘气，闭上眼睛感受那放松的暖流涌遍全身。就凭暴狗那肥胖的体态，根本不可能跳过来。他安全了！

是呀，安全了……却饿得要死。

拉奇觉得腹内饥火难忍，好像被一个粗暴的长脚踹在肚子上似的。

一阵阵酸苦的感觉从心里涌起，他趴在地上，头枕着前爪，口中呜呜自悲自叹。孤苦伶仃，迷惘，恐惧……

或许他应该和斯维特一起走……

但那又如何？也许两只狗都得挨饿，多一只狗，就多一张嘴啊。现在这种情况下，拉奇只需要填饱自己的肚子就成，而这向来难不倒他。

当他摇摇晃晃地站起来时，耳朵仍贴着脑袋，尾巴夹在后腿之间。他需要吃到食物，而且要快。阴影拉得更长了，余下的片片光团正被黑暗蚕食殆尽；夜幕不久就会降临，他不能在空地处久留。

于是拉奇强忍饥饿，溜进一个巷道里，想找个睡觉的地方。他嗅着废墟中的屋门和地缝，不由得对地下那种深不可测的空洞生出一种惧意。斯维特是否也遇到了类似的裂缝呢？希

望她不要像自己一样，差点儿掉进大地张开的大嘴里……

他经过了三条马路，就在精疲力竭的时候，才发现了一个怪叫笼。怪叫笼的铁门松松垮垮地悬挂着，拉奇连钻进去的力气都快没了。不过天狗有眼，让他在里面找到了一团嗅起来有食物气味的银纸。他用牙齿将团起来的银纸打开，咬起来时有种怪怪的感觉。纸里包着一块变味的面包，里面还塞着腐臭的肉片。面包上缺了一口，显然是被长脚吃的。

虽然不是火箱里那种香喷喷的烤肉，但也能勉强压住饥火了。拉奇仔细地吃完面包，又把粘在银纸上的碎屑舔进嘴里。

拉奇扬起头合上双眼，默默感谢天狗送来的这点儿好运。感觉肚子里好些了，他按照从小养成的睡前习惯，走了小小的一圈，然后趴下来蜷起身体，用尾巴把全身围住。

求求您了，地狗，夜晚降临，别再让裂地吼胡闹了。

头搁在前腿上，拉奇舔着酸痛的爪子，沉沉睡去。

第五章

那个声音听起来……那是什么东西？……难道是裂地吼返回来结果他的小命吗？

噪声灌进拉奇的耳朵，令他头痛欲裂。不仅是咆哮和怒吼，更令他毛骨悚然的是，竟然还有咀嚼血肉和撕咬的声音。

听声音仿佛有许多狗在进行搏斗，殊死的搏斗……

难道是风暴狗来了？不，这不可能……不可能……

拉奇趴在地上，耳朵贴着脑袋，心里惶恐无比。风暴狗要来吞噬他了。无论是在风暴狗还是裂地吼的面前，都没有任何逃脱的可能。他必须转身直面风暴狗，捍卫自己的生命……

可是，当他跳起来准备勇敢地迎战那些凶残的风暴狗群时，他却——什么都没看到。的确什么都没有，除了无尽的空虚和黑暗，一如他越过的那条深坑。

他唯一听到的，是那渐渐远去的可怕号叫……

*　　　　*　　　　*

"斯维特！"拉奇忽然惊醒。不，斯维特不在这里。

原来是梦，可怕的风暴狗们只是噩梦而已——可是，那种

感觉、声音和气味，却如此的真切。是他饿得精神恍惚了，还是更糟糕的情况——某种风雨欲来的预兆？

荒唐。他不敢再往下想。拉奇觉得身体又酸又困，抬头打量昨晚夜宿的地方。这里有股金属味，皮革味，还有长脚们往怪叫笼里灌的那种奇怪液体的味道。天狗散发着暖和的光芒，但他仍然怀念斯维特依偎着他时，带给他的暖意。孤独犹如一块大石头压在他的心里，令他有种对天长吼的冲动。

他既不明白身处何地，也不知道未来的去向。或许就算是一只独行狗，有时也需要一位旅途的伴侣：陪他寻找食物，睡在他的身旁，注视着他的背影，同时也享受他的保护。

不，他喜欢独来独往。

怪叫笼里越来越热，拉奇饿得肚子都瘪了。他从怪叫笼钻了出来，四周张望一番，然后犹犹豫豫地沿着旁边的一条街走去。就在这时，某个东西忽然扇着翅膀从他的头顶飞起，原来是只乌鸦。拉奇舔了舔嘴巴，盯着那只乌鸦；它并没有飞远，而是降落在一个从房顶通向地面的破铁管子上。想必管子里还残留着雨水，那只乌鸦的黑色长喙插了进去吸饮。饮完水后，乌鸦扭头看着拉奇。

这只乌鸦长得很像昨天从树上飞起，然后警告他小心的那只乌鸦。或许两者本就是同一只吧。

*别傻了！天下乌鸦一般黑，长得都是一个样！*拉奇狠狠地鄙视了自己一把。不过……昨天那只乌鸦出现得也太过凑巧，否则他肯定把自己送到了暴狗的嘴里。或许那只乌鸦是天狗专

门派来警告他的吧；而且看样子，它一定就在附近紧盯着他。想到这里，他抬头看着那只乌鸦，充满敬意地叫了两声。

乌鸦扭过头没理他，懒洋洋地扇着翅膀飞走了。

拉奇既遗憾又高兴，遗憾的是乌鸦飞走了，高兴的则是自己不再被盯着了。于是他起身上路，净捡最狭窄的巷道走，抄近道来到一条宽阔的林荫大道。街道两边是长脚的房子，如今已变成废墟。裂地吼的淫威在这里展露无遗，任何狗见了都会心生恐惧。

一座房子的屋顶被掀落在地，仿佛一片被人丢弃的食物。两棵树七扭八歪地绞缠在一起。转过下一个街角，拉奇看见另外一座房子完全成为了废墟。他忽然僵了一下，一边向后退，一边流露出极其强烈的警惕性。这里，死亡的气息非常浓厚。

拉奇的注意力完全被这股气息吸引，冷不丁被地上的一个土坑绊倒了。受伤的爪子顿时剧痛不已，他正想去舔，这时，一个突然爆发的声响令他忘记了疼痛，立刻朝附近的遮蔽处奔去。那个声响很像怪叫笼，但却又有所不同——这个声音更深沉，而且回音非常强烈。拉奇躲在两个尖顶箱子之间的隐蔽处，偷偷向外张望，那个咆哮声越来越大，然而就在他被震得浑身发抖时，声音却戛然而止。

如果这个发出巨响的东西是怪叫笼的话，那它肯定是怪叫笼中的巨无霸。拉奇从来没见过如此庞大、如此震慑身心的怪叫笼。它的侧面是深绿色的钢甲，给他一种坚不可摧的感觉。

嘎吱一声，怪叫笼的门打开了，一个长脚从里面下来了。

拉奇心跳加速。难道裂地吼连长脚的模样都改变了？因为他从来没有见过这么古怪的长脚。那个东西走路的样子，甚至嗅东西的模样都像是长脚，却从头到脚都被裹在一种奇怪的皮里。它的外皮呈亮黄色，脸部黢黑，眼睛、鼻子、嘴巴都没有。

不过尽管它外形怪异，但拉奇却能肯定对方就是一个长脚。谁能说得准对方有没有敌意呢？他很早就发现长脚们有好有坏，一只狗只能保持小心，一旦发觉不对，立刻夹着尾巴逃走，才不管什么面子呢。

于是他从隐蔽处爬出来，紧贴地面，尾巴夹在后腿之间，摆出一副乞怜的模样抬头看着那张没有眼睛的空白面孔。那个长脚并没有一脚把他踢开，因此拉奇满怀希望地耷拉着舌头，耳朵精神地竖立起来。

对方低头看了他一眼。在那双被包裹的厚厚的双手上并没有食物，仅有一个发出嘀嘀声的棍子，看样子拉奇得到食物的希望不大。长脚说了几句话，然后手中的棍子挥动了一下。拉奇明白这个姿势，意思就是“走开”。

对方的话虽然听上去不大友好，但也算不上什么敌意。既然他手中拿的是棍子，当然不可能套在拉奇的脖子上啦，因此对方不是来抓他回牢房的。想到这里，拉奇殷勤地发出了一声呜咛。

长脚的棍子又挥动了一下，语气变得有些强烈。

对方一定是长脚无疑，因为他的语言和拉奇以前听到的没有不同，可是那层古怪的皮把他裹得严严实实，一点儿气味都没有透露出来。而且对方的脸上没有眼睛，拉奇也无法看到对方的眼色。“看来我该放弃了。”想到这里，他转身朝巷道里走去。刚才的情形很奇怪，那个长脚既没有表现出友善，也没有表现出敌意，拉奇感觉到的竟然是一种——强烈的紧张。这种情绪，他以往很少从长脚身上看到。

怪叫笼再度发出轰鸣，拉奇吓了一跳，立刻朝市中心跑去。根据他以往的经验，那里的长脚数量最多。这里实在太怪异了，他一分钟也不想多待。通常情况下，市中心没有别的东西，除了噪声还是噪声：怪叫笼的轰鸣声声不绝，长脚们之间的吵架屡屡发生。可当他来到市中心时，那些熟悉的噪声再也听不见了，只有风的呜咽、水的滴答和金属断裂的咔嚓声。

面前的马路上铺着一层厚厚的净亮石碎片，他赶紧停住脚步。因为他知道再往前走，爪子又该被割伤了。他抬头看着眼前的一栋支离破碎的楼房。

这栋楼房曾经被大块的净亮石包裹，如今它的面目直接暴露在外。忽然，他看见一楼里有许多长脚站在那儿盯着自己，吓得他转身就要逃跑，一转念才记起这些长脚都是假的，既没有气味，也没有温度，更不会活动。于是他小心翼翼地走在假长脚中间，不停地在它们崭新的外皮上嗅来嗅去；嗯，就算有气味，也不是长脚的。这些假长脚中，有的外皮都裂开了，倒在地上，却好像浑然不觉的样子，只是目光空洞地看着拉奇。

拉奇警惕地穿过这群手脚僵直、毫无生气的长脚群，发现

它们的眼睛连一下都不眨，皮肤嗅起来也没有气味。这个地方就是那些长脚们所说的“商场”吧。长脚们——自然是指那些真的——整日在这个大楼里进进出出，拉奇记得很清楚。有时他们拎着食物，却从来没停下来丢给他一点。他曾想偷偷地溜进去找食物房，但总被那些裹着蓝色外皮的长脚撵出来。他还记得那些长脚们手中的棍子，根本不和他客气。

可如今，再也没有长脚怒气冲冲地拦住他了！

拉奇嗅了嗅。这里以前总有种混合气味：冷空气在各个房间之间蹿动；长脚们身上喷的浓烈但很难闻的香味；还有绑在长木棍一头的碎布球在地上滑来滑去时散发出的刺鼻味道。那些味道如今都淡了，楼外温暖的空气终于挤了进来。死亡的气息如今笼罩着整个城市，令拉奇毛骨悚然。他以往还从来没有在一个地方嗅到过如此浓烈的死亡气息；面对如此强烈的毁灭气息，即使是地狗也会被激怒。

他抖了抖身子，把恐惧的感觉抖落干净。恐惧的感觉能抖掉，饥饿的感觉却无法抖掉。咦，有食物！

食物的气味不太新鲜，或许有点馊了，但拉奇可管不了这么多。他睁大眼睛，一边时刻警惕着蓝色外皮的长脚们出现，一边往大楼深处走去。地面上的碎净亮石更多，铺在光滑的地面上闪着微光。他小心翼翼地避开净亮石碎片，忍不住去看商场里那些被遗弃的房间。有些似乎完好无损，有些则惨不忍睹。有的地方堆放着长脚们丢弃的杂物。不管是长脚还是狗的气味，拉奇都嗅到了，但覆盖在这两种气味之上的，却是一种夹杂着恐惧和绝望的恶臭。他脖颈上的毛顿时奓立起来。

拉奇暗哼了一声，走到一堆袋子前嗅了起来。这些袋子都是由动物的皮制成的，虽然陈旧，但表面很光滑。袋子散发的气味令他有种很熟悉的感觉。长脚们经常把物品放在这样的袋子里拎着走。这里或许就是他们保存珍贵物品的地方吧——就像他埋骨头的地方！他们把这些袋子堆成一堆，丢在这里，等晚些时候再回来取。应该不会错吧？拉奇敢说，在城市被裂地吼毁灭之前，那些长脚们肯定一直在这里活动；他能看到地上还有长脚们踩的鞋印。除了皮袋子和一些皮毛，其他东西拉奇便看不懂了。食物的气味愈发浓重，于是他径直往前走，途中遇到不少长脚的领子、纽扣、纸盒纸箱等，甚至还看到有塑料钩子上残留着长脚的毛发。长脚们的东西很古怪，他竟然还看到一排小狗的模型，呆呆的，一动也不动，就放在大楼前面。

食物的气味是从上方传下来的，恰好有一座破铜烂铁堆成的小山能通往楼上。拉奇迟疑地将爪子放在上面，用力试了一下。嗯，还行，能够承受住他的重量。于是他试着向前迈出第一步、第二步。这时，忽然一阵饥火冒上来，他饿得顾不了许多，深吸了口气，加速朝小山上爬。小山上有许多槽沟，踩在上面感觉很奇特，尤其是那只受伤的爪子特别不舒服，不过向上爬的过程中还算顺利，并没有出意外。

到了楼上，拉奇停了下来。

咦，不仅有食物……还有狗的气味，而且似乎很熟悉；那是一种麝香味，一种随着汗液、呼吸，透过皮肤散发出来的麝

香味。

是老猎手!

拉奇的心脏扑通地一跳。他可不认为在这里能遇到老朋友;此时此刻,他不想和对方碰面。于是他悄无声息地在堆放在地上的桌椅间穿梭,循着食物气味飘来的方向缓缓接近。食物气味越来越浓,让他想起长脚们吃的一种肉——先是剁碎,然后捏成圆饼,抹上番茄、奶酪和辣椒。尽管这股气味闻起来有些馊,但他一想到即将到口的美食,口水就忍不住往外涌。

奋力爬过最后一堆椅子,拉奇站在原地嗅了嗅。墙上有许多开口,但都被金属百叶窗关死了。不过,好在有一扇金属百叶窗裂开了,肉味就是从那里飘出来的。拉奇大喜,正要扑过去,忽然从柜台下传出一声低吼。但那香喷喷的肉味彻底冲昏了他的头脑,哪里还管什么低吼。

他兴冲冲地跳上柜台,伤爪的疼痛令他微微一颤。

“老猎手!”

拉奇前腿弓曲,伏低肩膀和头部,张大了嘴喘气。就算跟老猎手很熟,也最好表现得友善些。

老猎手抬起头看着他,嘴稍稍后咧露出牙齿。然后老猎手忽然站起来,随着一声怒吼,强健的四肢用力一弹,朝着拉奇的咽喉直扑过来。

第六章

拉奇猝不及防，吓得赶紧往后退，慌乱中摔倒在地。老猎手踩住他的身体，嘴里发出凶狠的呜呜声。拉奇顺从地躺着，任凭老猎手的口水滴落在脸上，只是轻声哀求。老猎手的两眼突然一亮，认出了拉奇。

“你是拉奇?”

拉奇长松了一口气，尾巴急切地摆动着。如小牛般强壮的老猎手后退两步，紧张的情绪渐渐回落。他又在拉奇的脸上闻了闻，然后龇牙咧嘴地直喘气。

“拉奇!”老猎手慈爱地舔着拉奇的耳朵说，“我没认出你来。你可真臭，朋友!”

拉奇摇摇晃晃站起身，兴高采烈地说:“我一直忙着找食吃啊!”

老猎手皱了皱鼻子:“瞅你身上这味儿，只怕是在破箱子里混日子吧。”

“没别的活路呀。”拉奇的耳朵顿时耷拉了下来，但随即又竖立起来。“见到你真高兴!”他这句话倒是出自真心。当然，他倒不是急着要找个伙伴，假若没有遇见老猎手，日子还

是照样过，该怎样还是怎样——可如今他毕竟遇见了，嗯……感觉比预料中的好。

“我也很高兴见到你。咱俩可有一阵子没见面了。”话音刚落，老猎手的眼中忽然闪过一丝警惕，立刻朝散落在地面上的肉扑去。

“是有好一阵子了。”拉奇说，“我想找个伙伴！”他犹豫了一下，不想在这只具有独立精神的老狗面前露出自己软弱的一面。“至少咱们能彼此照应！找食物对现在的我来说或许并不是难事呢。”

看着老猎手脚下的肉团，嗅着那诱人的香味，拉奇激动得血液直往头上冲，蹲下身子正准备跳下柜台，忽然听见老猎手怒吼了一声，他赶紧刹住脚步。

“拉奇，我无意冒犯。”老猎手凶巴巴地说，“但我也是花了好长时间才找到这么一点儿吃的。恕我不能和你分享了，朋友。”

拉奇盯着他，心里很是沮丧。如果连肉都不肯分享的话，还算什么朋友呀？他坐在柜台上，仍不死心地说：“可是……”

“自从裂地吼的事发生之后，我就一直守在这里。你知道我费了多大的力气才保住这点儿食物吗？在你来之前，曾有许多狗来打这些食物的主意，而且还有狐狸。”

拉奇舔了舔嘴巴上的口水，身体因为经不住食物近在眼前的诱惑而发起抖来。老猎手身后那个银白色大箱子的箱门脱落，拉奇瞅见架子上摆着许多肉团。这个金属箱肯定是用来冷冻肉的，因为他瞅见一些塑料纸包裹的牛肉周围积了很多水，有些看上去硬邦邦的，就像去年冬天他发现的那只受伤的兔子。肉可能是冻住了，但还能吃。而金属箱里这种冰冻肉块看起来数量很多啊……

“可是这里的肉并不少……”

老猎手又吼了一声，更加愤怒地说：“没错，是很多，但除了这里，在别的地方很可能再也找不到肉吃了。凭着这些肉，我才能够撑到最后。拉奇，我一定能撑到最后。”

拉奇忽然觉得眼前的这位朋友变得异常陌生！老猎手一向喜欢分享食物，尽管外形凶恶，却是出了名的好脾气。这次裂地吼的事肯定把他吓得不轻，以至于性情大变。

拉奇趴在柜台上，尾巴耷拉着，但头却因为自尊而倔强地扬着。

“老猎手，咱们也算老相识了，彼此分享食物是常有的事。”

“时过境迁了，拉奇。”

“不必这样嘛，我们都是幸存者，而且一向如此！你和我，咱俩都不是软蛋。你是我所认识的最厉害的狗。”

老猎手瞪着他，依旧一副凶巴巴的样子，但内心显然已经动摇了，犹豫不决地摆动着尾巴。拉奇一瞥眼看见他的尾巴正向某根东西摆去——那根东西从一个破烂的冷冻箱里暴露出来，距离冻肉周围的那滩积水很近，非常危险。出生以来头一回，他猛然感觉到了长脚们经常使用的那种隐形的能量正刺入他的肌肤和血液。

“老猎手！”拉奇大叫一声，向前猛冲，肩头狠狠撞在对方强健的身躯上。老猎手被撞得摇摇晃晃，避开了那根毒蛇般的东西。恰在这时，那根东西的末端，扫过泡着冻肉的那摊积水，顿时火花四溅。

若非出其不意，拉奇知道老猎手根本不可能被他撞开；而这时，老猎手正震惊地看着那根噼噼啪啪冒着电火花、疯狂跳舞的线绳。

“对不起，老猎手，我……”

“不，”老猎手温和地说，“不要说对不起，拉奇。我应该谢谢你才是。我还以为那种发光的能量已经没有了呢，要么也不会放松警惕。”

他小心谨慎地嗅了嗅那一摊水，用爪子拨拉了一下冻肉，敲了敲，发现没有异常反应，这才将冻肉从水中移开。

“小心！”拉奇说。

“放心吧。我刚才差点儿被发光的能量蛇咬住，若不是你在这里，我非死即伤。”

拉奇识趣地没有接这个话题。

“知道吗？”老猎手最后说，“你说得对，拉奇。裂地吼已经把所有的东西都拉入了毁灭的轨道。我凭什么也要任它揉搓呢？”

说着，他从刚才死死守护的肉块前后退一步。

拉奇松了一口气，从柜台上跳下，远远地绕开那摊水和能量蛇。尽管已经饿得头晕眼花，但他仍然没有忘记应有的礼仪，没有直接去吃肉，而是先感激地舔了舔老猎手的脸。老猎手礼尚往来，也回舔了一下拉奇的脸，喉咙里发出愉快的呜呜声。相互致意以后，两只狗这才开始狼吞虎咽那一块冻肉。

这块半冻的肉块是拉奇有生以来吃到的最美味的东西。他的嘴巴飞快地咀嚼，吃得不亦乐乎。吃了一会儿，难耐的饥火稍稍平息，他这才放慢速度，尽力吃得斯文一些。

和朋友一起进餐的感觉太爽了。

老猎手一边对着一根快被啃干净的骨头发起进攻，一边咕哝说："喂，事情发生的时候，你在哪儿？"

拉奇不用问也知道老猎手所指的"事情"是什么。"在牢房里。"他说，想到那段可怕的经历，他仍然不自禁地打了个冷战。"一天傍晚，我被长脚们抓住了。"

"你可真倒霉。"老猎手摇了摇头。

"还算没倒霉到家，裂地吼放了我一马。可能是地狗对我发了慈悲吧。"他想了一下，神情变得肃穆起来，"等到了外面，我绝不会忘了在土里埋一块肉，以感谢她的恩德。"

"好主意。不过记得要给自己留足口粮才是。地狗会理解的。"

"你说得对。"老猎手的安慰和智慧让拉奇非常感激，"你呢？当时你在哪里？"

老猎手愉快地说："我正在花园里捉兔子，而且已经抓到手了。"

拉奇舔了舔嘴巴。因为肚子不饿了，他便回想起鲜兔肉的

美味来。“捉兔子确实很有趣，但想抓到手可不容易。”

“抓兔子要讲策略。”老猎手舔去骨头上的最后一丝肉，“先要和兔子玩成一片，打消它的顾虑。不管自己有多饿，都要装出一副若无其事的样子。然后，突然扑过去，出爪要快！”

“我以前是这么做的，但总是被对方挣脱。”

“把你全身的重量都压上去。若是仅仅用爪子去捉，兔子就会在你不知不觉之中逃走。”

“多谢指点。”拉奇每次都能从老猎手这里受益匪浅，“你肯定从小就在野地里捕猎吧！除了乞食，我真该好好学学真正的狩猎。”

老猎手吸着骨头里的骨髓，若有所思地说：“我并不总是生活在野地里。”说着他站起来，用后爪扒开脖子上的毛，“你看！”

拉奇吃惊地看见他脖子上有一块光溜溜的皮肤，上面一根毛都没有长。这怎么可能？

“我曾经是一只拴绳狗。”

拉奇难以置信地问：“你和长脚生活在一起？”

“那是我刚出生不久的事。”老猎手淡淡地说，“谢天谢地，那种日子没有过多久。他们搬家了，因为嫌麻烦就丢下了我。从那时起，我才开始依靠自己生活。不过不可否认的是，我当过拴绳狗。”

“那个东西去哪儿了？就是……”拉奇很难说出那个词来。

“你说的是项圈吧？我自己摘掉了。费了不少工夫呢。”

老猎手脸色阴沉地说，“我别无选择，身体一天天地长大，项圈在脖子上越卡越紧，迟早要被它卡死。于是我把它咬断了。虽说花了一整天加半个晚上，但终究是去掉了。我那时发誓，今后再也不戴任何东西。”

拉奇觉得身上寒意阵阵。项圈是违背狗性的，老猎手的做法天经地义。这才是真正的路，一条自然之路。

想想看，狗的脖子被项圈卡着，那是什么滋味儿？或许他知道其中的滋味儿吧。一些事情开始在他的脑海里若隐若现。难道自己……

拉奇对自己小时候生活的狗群已没有太多记忆了，但他能肯定，其他小狗崽的脖子上都戴着项圈。这么说来，他也戴过？他也戴过那个可耻的标记，那个表明自己是长脚动物奴仆的标记？

拉奇很想知道自己身上发生过什么事。为什么自己的过去如此迷雾重重？他无法回忆起一星半点来。他不愿意回忆，绝非因为在逃避项圈的问题。也不知为什么，一想到儿时的伙伴，他便感到心里阵阵悲伤。对儿时的回忆还夹杂着另外一些感受：温暖的身体，身边小狗崽的心跳，还有那个拥挤的篮子，虽然快被挤得喘不过气，却温馨无比。

拉奇觉得浑身不自在，于是抖了抖。过去的记忆尽管模糊，却给他一种可怕的感觉：那是一种恐惧，一种冰冷的悲伤，仿佛大石般压在他的心头。他不愿深想下去，站起来舔着老猎手的耳朵说：“谢谢你，朋友。”

“别客气，年轻狗。祝你好运。”

拉奇迟疑了一下。好运……难道现在对于他们来说只是好运便足够了吗?

“老猎手……我一直在想，唉，这个想法可能有些疯狂，但我们为何不联手捕猎呢，哪怕是暂时的?”看见老猎手震惊地僵在那里，拉奇急忙说，“我的意思是，就合作一小段时间，直到我们能够适应——这里环境的改变。”

老猎手没有说话，只是一个劲儿地看着他，眼神内带有微微的伤感。

拉奇不知道对方的沉默是什么意思，于是赶紧说：“我知道我们骨子里都是那种独行狗，而且我们过去都是单打独斗、我行我素。可现在情况发生了巨大的变化，变得处处危险。这都是裂地吼的杰作。或许在这种情况下，如果大家彼此关照一点点，应该还算不错吧。我们会成为优秀的团队，你和我……”

没等他的话说完，老猎手已经站了起来。

“对不起，拉奇。”老猎手粗暴地说，“这不可能。你这个主意很——馊。正如我刚才所说，我们不能任凭裂地吼揉搓。我们不能任由它改变我们的本性。”

“可是——发光的能量蛇，还记得它差点儿蜇住你吗? 如果我们联手，我们能……”

老猎手的目光变得越发凌厉：“没错，你是救了我一命，但我们必须像往日一样独立生存。懂吗? 这才是一只真正的狗该做的事。”

拉奇弓下头，不情愿地表示认可，然后友好地舔了一下老猎手说：“我懂。不过仍然要再次谢谢你。”

“是我该谢谢你。”

拉奇正欲转身离去，老猎手抓起一大块肉扔到他的脚下。拉奇吃惊地按住肉块。

“拿去吧，反正我也不稀罕。”

拉奇感激地呜咛了一声，嘴里叼起肉块，深深地看了老猎手一眼，然后跳上柜台，回身向破烂的商场奔去。

第七章

没跑出多久，拉奇便放慢脚步，最后停了下来，重新调整了一下肉块在嘴巴里的位置。这时他已经回到刚进入商场时的地点，恰好看见一张大床。这张大床对于饱餐一顿后有些困乏的拉奇来说，显得诱惑十足。

这间房子里摆放的东西比其他房间内的要大许多，里面就有那种低矮软和的真皮沙发。拉奇渴望地瞅了沙发一会儿，然后朝着它向前挪动了几步。他真的是太累了。现在他可以睡一会儿，醒来后吃点东西，然后再上路……

忽然，一股刺鼻的麝香味飘进了他的鼻孔，他顿时从沙发的诱惑中清醒过来。

啊，不行……

他知道，附近还有别的动物，其中就有一些喜欢打劫的动物，包括长脚。不过适才他进来的时候，自己尚且饿得站不稳，哪里还有东西给别的动物偷，所以对此也没有多加留意。

现在不同了。

拉奇的嘴巴紧紧咬住肉块，发出轻微的低吼声。沙发后有一排高高的木架子，他能感觉出有东西藏在那里。一只深黑色

的鼻子细细地抽动着探出木架，随后出现了一双饥渴的小眼睛和竖立的大耳朵。拉奇盯住从木架后钻出的那只狐狸，加大吼声，以示威慑。

这时，从架子后又绕过来三只狐狸，个个骨瘦如柴、目光凶狠。四只狐狸相互交换了一个眼神。

那只狐狸头领长着一双黄色的眼睛，目光闪动着，带着他的手下朝散发香味的肉块走来。

“有肉。狗，把它给我们！”

拉奇没有松开嘴里的肉块，一边发出低吼，一边打量着对面的敌人。狐狸的身躯并不大，仅有他的一半左右，但以四对一，数量占据优势；而且从对方的眼神看，个个都不是好惹的。一只狐狸一旦豁出命，就能造成很大的麻烦——更何况是成群结队！四只狐狸缓缓上前，露出锋利的牙齿。

拉奇发觉这些狐狸非常自信，而且还很狡猾——分成两组，左右夹攻。他心里涌起一阵惧意。如果对方从两个方向进攻，他的获胜机会便更加渺茫。此时，他可以放弃肉块，放下嘴里的肉，然后逃……？

不！

他不能丢弃到嘴的食物。天知道自己什么时候才能找到下一顿吃的——况且，对方不过是狐狸罢了！他是一只狗，一只强壮的独行狗——这些皮包骨头的臭狐狸们休想从他嘴里夺走一丝肉。

拉奇的眼睛左右巡视，只见狐狸们矫捷地从桌子下钻进钻

出，绕开各种障碍物。现在它们已经形成了一个包围圈，拉奇脖颈上的毛竖立起来。

“蠢狗，笨狗！”狐狸头领狞笑着，声音沙哑，听起来很变态。

另一只狐狸叫道：“连个朋友都没有！没有别的狗来救你！哈哈！”

“看你还怎么反抗，”第三只狐狸得意地笑道，“蠢狗！”

拉奇不断提醒自己说，自己已经吃饱了，而敌人们现在却饿得半死。而且，裂地吼不也没能奈何自己吗？自己不是已经成功躲开了尖牙利齿的浣熊和凶残的恶狗吗？

我能渡过眼前的难关！

拉奇盯着面前的狐狸头领，尽管嘴里叼着肉，仍旧露出利齿，低吼连连，怒目而视。敌人们的脸上露出不屑的笑意。

没有发出任何警告，拉奇猛然蹿出，直接朝狐狸头领撞过去。狐狸头领惊叫一声，身子被撞得高高飞起，跌在一个破椅子上。拉奇后腿用力踹出，正中对方的腹部，只听那个头领顿时发出一声惨叫。拉奇不敢耽搁，立即向前急冲，如闪电般穿过商场。

他看见那只狐狸头领摇晃着站起来，迅速恢复正常。其余三只狐狸已经紧追而来，怒吼声中透着一股子沮丧的味道。拉奇的速度快，但狐狸们的速度也被饥饿催发到了极限。而且拉奇的嘴里还叼着肉块，使他无法大口喘气，对速度也有很大影响。他在柱子之间穿行，跑过一片长脚们往日吃饭休息的区

域，一路上撞翻了许多桌子和凳子。途中有一片浅水滩，也不知是从什么地方泄漏出来的，拉奇半跑半滑地穿了过去，但狐狸们毫无退意，在后面死死地咬住他不放。

地上散落的长脚的头发被拉奇带起的风吹向半空；他回到金属小山，急速地向下飞奔，爪子在慌乱中寻找稳定的落爪点。来到金属小山脚下，眼看前方是一排大椅子，拉奇奋力跃起。

不！

正当他跳到半空时，嘴里的肉忽然滑落出去。他瞥眼看见肉块滚落在一张大木桌下。

拉奇落地后急忙返回去取，恰好大木桌上铺着一块蓝色的桌布，将钻到桌子下的拉奇遮住。

拉奇的胸口剧烈起伏。他竖立起耳朵，尽可能地小声喘气。刺鼻的狐狸气味越来越浓，越来越近。如果他们听到了拉奇的呼吸声，或者嗅到了他的气味——他知道自己的身体现在正散发出恐惧的气息——那么他就死定了。

狐狸们一边骂骂咧咧，一边大力嗅着空气，以期找到拉奇的踪迹。它们不时地交谈几句，拉奇听得断断续续。

“狗就在附近。”一只狐狸说。当它用沙哑的狐狸声音说出“狗”这个字时，显得十分厌恶。

“肉就在附近。”另一只饥肠辘辘的狐狸笑着说。

一想到这些强盗们还是自己的远亲，拉奇就恶心得直撇嘴。

他知道这样下去不是办法，过不了多久就会被敌人发现。一阵阵的恐惧刺激得他浑身发颤，令他用了许多力气才没有发

出惊叫。四只狐狸围住了木桌的四边。

“有声音！在那儿！”一只狐狸突然喊道，“去看看！是狗吗?”

拉奇的心脏咚咚巨跳，听着敌人的脚步声慢慢地、慢慢地离开木桌。敌人们随时都可能发现它们听到的声音其实是误导——或许是一只老鼠，或一只鸟——然后它们就会返回来……

拉奇瞅准时机，叼起肉就往商场中心冲。狐狸们尖叫着追了过去，虽然又回到了刚才的追赶情形，但好在没有被困在桌子底下。拉奇的爪子重重踩在地上，伤口传来刀扎般的剧痛。持续的剧烈呼吸令他感到肺部隐隐作痛，身体越来越沉重，脚步也有些不稳起来。他有些绝望了，看来自己这一次是逃不掉了。

接近商场入口时，拉奇看见柜台上展览的长脚们的珠宝灿灿生辉。不过这时可没有哪个长脚小偷会回来拿走这些耀眼的珠子和瓶子。慌乱中，拉奇一头撞在一个展览架上，上面的展览品都掉落下来，摔得四分五裂。他掉转方向绕过一个高高的柜台，跳上一个破架子。至少这些乱七八糟的杂物也能阻挡狐狸们吧；他听到追赶的狐狸们也是跌跌撞撞地一路奔来。一排小瓶子摔在地上，散发出的恶心气味飘进他的鼻孔。

高地，他心想，*我应该找一处高地*。在高地上，他可以暂时抵抗一阵……

有啦。拉奇朝一个高大的柜台跳过去。柜门大开着，纸片和小金属片散落各处，地面很光滑，他不得不小心翼翼。经过

一番扒拉，他终于爬上了柜台。

拉奇大口喘着气，向下看着那些脸上带着狞笑，包抄过来的狐狸们。

“你不可能一直站在上面。”一只狐狸恶狠狠地说，“别妄想了，蠢狗。”

另一只狐狸说：“最后肯定还是要下来！”

“很快的，伙计们。等不了多久。”又一只狐狸说。这些话里包含的自信令拉奇感到身上发冷。

他知道敌人预料得不错。他不可能永远待在这里。当然，他可以从高处往下跳，跃过它们的头顶。但落地后势必会给伤爪造成更剧烈的伤痛。刀扎般的痛楚已经令他有些头晕了。

拉奇呼吸变得很急促。难道这块肉真值得他如此拼命吗？

他与生俱来的野性给出了答案：*当然值得拼命！*一阵怒火渐渐从心中冒起，令他的身体微微颤抖，全身肌肉紧绷，开始为战斗蓄势。

无论从个头上还是战斗力上，他都强过这些狐狸。向这些动物们屈服？那他就不配做一只狗了。

更何况，裂地吼已经改变了这个世界，一个懦夫是不可能生存下来的。只有勇敢、强大和坚毅的动物才能活下来。而他绝不会放弃自己应得的食物！

他把肉块放在前爪之间，决心要用生命来守护——就像老猎手做的那样。他低下头，脖子上的毛竖立起来，暴露出锋利的牙齿，发出凶狠的吼叫。他将不留余地，誓死捍卫。

这时，他忽然迟疑了一下。

那个奇怪的声音似乎飘忽不定，但肯定不是他和狐狸们发出的。奇怪的声音扩散开来，在商场的大厅里回荡。

这是一个低沉而凶残的吼声。

狐狸们立刻变得紧张不安，竖直耳朵，扭头四处张望，随即齐齐地把头转向入口。

拉奇站在高处，简直不敢相信自己的眼睛。是狗群——好多的狗！

他看见其中有一只短腿毛脸的混血母狗正兴奋地吐着粉红色的舌头，一只黑白相间、身材细长的农场犬嘴里叼着一块皮革类的大东西，一只长鼻厚毛斗犬，眼睛里充满惧意。有一只白色长毛的小家伙。还有一只毛茸茸的黑色大狗，脸庞宽大，目光炯炯。

他们只是略略地瞥了一眼拉奇，然后便紧张地看着四只狐狸。真是一个奇怪的狗群。这时，最后一只狗走了进来。她的样子很好看，长长的腿，金色和白色相间的毛。看见她，拉奇想起了自己的样子，因为他在净亮石里见过自己的模样。而她的气味……

但现在不是打听对方来历的好时候。新来的这些狗正和狐狸们对峙着，排成犬牙交错的一线，互不服气。

“这群家伙——很害怕啊！”个头最小的那只狐狸讥笑着说。

狐狸头领大笑，嘲弄道：“害怕？你看出来了？”

拉奇觉得自己的肩膀开始往下耷拉。他本来看见有这么多

的狗加入进来还挺高兴，可等凑近了再一看……或许狐狸们笑得完全有道理。至少他们摆出的战斗队形还有点模样吧，也仅仅如此而已。这些新来的就像刚从狗妈妈肚子里溜出来的小狗崽。那只小混血狗看起来倒是挺勇敢，可是这么小的个头除了撒欢溜圈之外还能干什么？那只长毛狗长得倒是不赖，可吠叫的声音也太有点歇斯底里了吧。那只毛茸茸的斗犬鼓足了劲儿要和狐狸们大干一场，可惜无奈被黑色大狗挡住了路。

那只长得有点像拉奇的金毛狗勇气十足，径直冲进狐狸当中。斗犬紧随其后，好歹绕过了黑色大狗。而农场犬表现得也算不错，至少把嘴里叼着的那块皮革丢掉了。

战斗发生得突然却很激烈，双方都在拼命撕咬。拉奇看见斗犬抓住一只狐狸的腿，但随即就被对方挣脱了。不过这一抓却见了血，只听那只狐狸惨叫不已。狐狸头领嘴里滴着口水，迎上了黑白相间的农场犬，但金毛狗敏捷地一转身，牙齿狠狠在狐狸头领的肚子上划过，狐狸头领猝不及防，顿时摔倒。就连那只可爱的小长毛狗也不甘示弱，虽然不敢加入战斗，却站在原地凶狠地吠叫。黑色大狗跳过来保护在她身旁，把一只狐狸撞翻在地，同时用力挥爪，将另一只狐狸的鼻子抓出了血。那只狐狸的头被打得歪向一侧，嘴角流着亮晶晶的一丝涎水。

狐狸们尽管凶残好斗，但狡猾的本性却令它们无法和一群狗长时间作战。眼看自己这一方在数量上不占优势，那只狐狸头领恶狠狠地大叫："走，孩子们！不要恋战！"

骂骂咧咧中，最后一只狐狸也调转尾巴，和伙伴们飞快

汪
汪
汪
嗷
嗷
嗷

汪汪！
汪
汪
汪
汪！
啪

离去。

“蠢狗们，就会仗着数量多逞威风！”那只狐狸离开前，还不忘嘲弄拉奇一下。

眼看它们消失不见，拉奇这才松了口气。他感激地摇晃着尾巴，冲着新来者们发出一声简短而友好的吠叫。

“多谢。你们救了我的命！”

那些狗喘着气，转身抬头看着他，脸上都显出惊讶的样子，仿佛刚刚想起这里还有一只狗呢。斗犬走过来嗅了嗅，虽然他体形很大，却表现出几分紧张的情绪。

“别客气。”他粗声粗气地说，“一群狐狸，嘿，你还真敢干呢！”

“我还以为这次肯定完蛋了。”看着这个种类混杂的狗群，拉奇感激之情难以言表。

“很高兴能帮上忙！”混血狗尖声说道，转身的时候差点儿没把自己摔一跤。

那只模样和拉奇相似的金毛狗没有说什么，直接跳上柜台。拉奇出于本能把肉块护在爪子中间。金毛狗视若无睹，犹豫地嗅了嗅他。两只狗目光交会时，拉奇的心脏顿时剧烈跳动起来。

记忆深处仿佛有某个东西在翻搅，一幕幕画面瞬间在脑海里闪过。他认识这只狗……

她眨了眨那双充满友善的黑色眼睛，顶了顶拉奇的脸庞。

“真的是你啊！”她轻声说，“亲爱的野蒲，真的是你！你好啊，哥哥！”

第八章

野蒲……!

拉奇的脑海中闪过一道电光，长期压在胸口的那块孤独的巨石似乎松动了一点。*野蒲!* 他多久没听到过这个乳名了? 与金毛狗的相逢勾起了他记忆深处的声音和画面: 发出呼呼气息的鼻子，连绵不断的尖叫，偎依着他的身体，抵着他的小爪子，金色的毛球慵懒地靠在他的身上……还有，没错，还有那喋喋不休的话语……

“斯魁克! 是你啊!”拉奇顿时被幸福淹没，他舔了舔她的脸，而她则调皮地抬起前爪挠了挠拉奇的下巴。

“我现在不叫斯魁克了。”她叫喊着说，“我的新名字是贝拉!”

“贝拉，”拉奇重复了一遍，让自己熟悉这个名字，“很好听的名字啊。”

只听那只漂亮的白狗和混血狗齐齐地发出一声“哼”，拉奇这才意识到周围还有其他的狗在看着他们兄妹俩。他们的脸上都露出惊讶的神情，那只斗犬的戒备心更是显露无遗。这个狗群虽然有些不伦不类，但各自的状态都还不错。他们的毛很

柔顺，肚子圆圆的，除了被刚才那几只狐狸抓了几下之外，脸上没有明显的疤痕。那只漂亮的白狗用三条腿站立，一条前腿优雅地稍稍抬起，身上的长毛十分整洁，仿佛今天早上刚被长脚梳理过一番似的。

白狗尽管有些自恋，但也为自己刚才“哼”了一声而感到些许的难为情，看到贝拉瞪了她一眼，赶紧说：“我叫阳光。贝拉这个名字的意思是‘美丽’。”

拉奇和贝拉对了一下鼻子，安抚住她的情绪，说：“我也有一个新名字，叫拉奇①。”

贝拉用舌头舔了舔他的耳朵，说：“这个名字真是恰如其分！幸亏我们及时赶到，你还真有运气啊！”

“你说得真对。”拉奇后退两步，看着贝拉的伙伴们说：“你们好。”

阳光的胆子似乎有点小，没有回应，而且由于抬起了一只前爪，身子差点儿没有站稳。那只斗犬含糊地回应了一声，充满渴望地嗅着柜台上的肉块。

“唉，布鲁诺，”贝拉调笑地说，“你怎么总是吃不饱肚子似的。就算世界末日到了，你的脑子里想的还是食物。”

难道狗不就是这样的，满脑子想着如何找到食物？世界末日可不是闹着玩的——拉奇想到裂地吼的可怕，想到马路上那无底裂缝，觉得世界末日已经来了。寻找食物、保卫食物也不是笑话。拉奇对此深有体会。不过这些外表光鲜、肚满肠肥的

① 即Lucky，意为“好运”。

家伙们也许并不知道其中的艰辛吧。

仿佛在给他的评价做证明似的，阳光四肢展开，浑圆的肚子贴在地上，诉苦说："贝拉，你别这么讲话。我们可不知道什么是世界末日。"

贝拉有些不高兴，但仍安慰似的舔了一下阳光的黑色小鼻头，说："阳光，假若没有世界末日，那你说，我们的长脚们都到哪里去了?"

拉奇身体一僵——"我们的"长脚们？他难以置信地打量着这群狗，每只狗都长得不同，除了一样——所有狗的身上都带着隶属于长脚的标记。

他顿时如坠冰窟，忍不住惊叫道："你们是*拴绳狗*！"

那些狗们都看着他，然后迷惑地面面相觑。

"是啊，怎么了?"农场犬好奇地问。

"这个嘛——唔，这说明——我是说，你们——"拉奇不知该说什么好，脑子里一大堆的词：拴绳狗、宠物狗、温顺、蠢笨、碌碌无为……

他们任由项圈套在脖子上，供长脚们取乐，从长脚们那里讨食，寄宿在长脚们的屋檐下。没有长脚，他们就会变得无助，没有希望……恐慌超过了自信。这些拴绳狗们该如何在世界末日中生存下来呢?

拉奇抖了抖身子，把这些念头驱散。现在不是他思考这些的时候。况且，他在彷徨无助的时候被这些狗所搭救，自己不该再有不好的想法啊。

拉奇看着仍旧冲着肉块大嗅特嗅的布鲁诺，说：“来，咱们一块分享。”说着，他跳上柜台，叼起肉块跳回狗群中，把肉块放下说：“你们救了我，也救出了这块肉，我应该和你们一起分享它。至少这是我能做到的。”

“而且，如果你们不能自己寻找食物，也就只能吃到这些了……”

这群奇怪的组合围着拉奇的食物狼吞虎咽，满意的呜咛声此起彼伏。吃完自己的一份，拉奇小声对贝拉说：“你的伙伴们……很有意思。”

贝拉抬起头，深情地看着伙伴们说：“我们和他们长得完全不一样，是吗？过去我总以为，天下所有的狗都是喜乐蒂寻回犬呢！”

拉奇眨眨眼睛问：“我们是喜乐蒂寻回犬？”

“是的。难道你忘记我们的爸爸和妈妈了吗？”她脸上的神情很复杂——既有放松，也有深深的幸福，还有对彼此间久别的遗憾——不过她的声音里也透着玩笑的味道，“咱们大多数都有合适的品种名，都是长脚起的。”

拉奇不以为然地说：“只要是长脚起的，就不能称得上合适。”

贝拉没有理会他，继续说：“布鲁诺的妈妈是德国牧羊犬，而米琪就是长脚们所称的‘边境牧羊犬’。他很机灵，喜欢当指挥！戴兹的爸爸是西高地白梗犬，妈妈是杰克罗素梗犬。小阳光是玛尔济斯犬，很优雅。”

“这一只呢?”拉奇朝那只最大的黑狗点了一下头。

“你说玛莎吗?她是一只纽芬兰犬。你看她的个头,跟阳光简直是两个极端!”

拉奇看着这一对儿。玛莎比拉奇高许多,而阳光却连她的膝盖都不到。狐狸们有一件事没有说错:这群组合确实世间罕有。他们也算真正意义上的一个群体吗?头领是谁?贝拉滔滔不绝地说了许多,她对所有的狗都很友善,唯独对阳光有些凶巴巴的,不过怎么看她也不像首领。她不具备那种发号施令的气质,也从来没想过自己能一言九鼎。即使做决定时,她还要左顾右盼,生怕别人不同意呢。米琪看上去还挺聪明,而布鲁诺则作战勇猛,但这两个也都不像是头领。阳光——更不可能!戴兹似乎很勇敢,而且好勇斗狠,可是年纪太小,也不像首领……

谁来统领这个狗群呢?

拉奇正胡思乱想之际,忽然被一声惨烈的号叫打断——“我受伤啦!我受伤啦!”阳光突然跳起,顾不得还剩下的最后一口肉,慌慌张张地在原地兜圈子。

“什么……”贝拉正想问。

“狐狸!我被咬了!”阳光歇斯底里地喊着,可怜兮兮地抬起一只爪子。自从和狐狸们激战之后,她就对这只爪子视如珍宝,现在拉奇算是看明白了——这家伙很自恋。阳光拍打了几下那只爪子,仿佛要跑似的,然后直接摔倒。她用三条腿站起来,恐惧并没有消减,又开始在原地转圈圈了。

“我的长脚主人！我的长脚主人快来啊！我要看兽医！”

拉奇看着贝拉惊慌失措的样子，心里不由得暗暗感叹。不，他的妹妹的确不是当首领的料。

但其他的狗也没好到哪里去。米琪跳起身，眼睛直愣愣的。戴兹激动地乱吼乱叫，其余的狗也随即惊叫起来。

“我们要回长脚的房子里去！”

“不，我们要看兽医！看兽医！”

“去哪儿？去哪儿看兽医？他们都走了！”

“长脚们都离开了！我们这可怎么办？”

拉奇实在看不下去，跳起来大吼一声：“全都给我冷静！”

众狗立刻安静，都看向他。拉奇想起他遇见的那个穿黄衣服的长脚。他该把这件事告诉他们吗？可那个长脚的表现太……古怪了啊。不，这样会把局面搅和得更乱——让大家以为还有长脚可以依靠。

想到这里，拉奇挺直身体，说：“我不知道兽医是什么东西，不过阳光现在需要的肯定不是什么兽医。让我看看。”

阳光怯怯地走上前，羞答答地把爪子伸给拉奇看。拉奇看见她的爪子上有一小块血迹，但伤口很细很小，不仔细看难以发现。他用舌头在伤口上轻轻舔了一下。

“不过是小小擦伤罢了。你看我这里也有。”拉奇躺在地上，伸出伤爪。众狗看了，顿时齐齐地倒吸了口凉气。

“太可怕了！”阳光尖叫说，“你比我更需要看兽医！”

“我不需要。”拉奇发怒说，“这个伤口之所以看起来比较严重，全都是因为我没空照顾它罢了。你们瞧着。”他仔细地舔着伤口，感觉舒服了许多，心里暗想：要是我早先把伤口养好，也不至于被狐狸们追得无处可逃。他鼓励道：“阳光，你试试看。”

阳光顺从地低下头，谨小慎微地舔了一下自己爪子上的伤处。发现没什么痛苦，于是又多舔了几下，发现伤口居然不怎么疼了。

“你说得没错，”阳光惊奇地说，“疼痛确实轻多了。”她抬头看着拉奇，眼睛里充满了崇拜的小星星：“大伙，他说得对啊。”

“看到了吧？”拉奇理直气壮地说，“你才不需要什么愚蠢的长脚兽医呢！”

大家没有说话，但都向拉奇投来敬意的目光，看得他都有些不自在了。

“真神奇。”玛莎喃喃说着，低头侧眼察看阳光的爪子。

“干得妙，呱呱叫啊！”布鲁诺嚷嚷着说，“妙不可言！”

“你真聪明！”戴兹赞叹道，“你居然还懂这个！”

米琪默不作声，但脸上露出一副佩服得不得了的样子。贝拉也对着拉奇和阳光瞅来瞅去，欣喜的心情表露无遗，六条尾巴用力地摆来摆去。

*噢，别这样！*拉奇暗暗觉得事情不妙，*千万别让我当你们的首领！*

他“唰”地站起身，后退一步说：“听着，我……我非常

感激你们搭救了我。你们是最棒的！”

他又退缩了几步，吓得脖子上的毛都竖立起来：“可我必须得走了。再次表示感谢，祝你们好运！”

不等其他狗反应过来，拉奇急忙转身，忙不迭地从商场里逃了出去。他能感觉到他们震惊的目光，能感觉到他们的尾巴和耳朵无力地耷拉下来，但他不能回头看。

拉奇一口气奔至商场门口处停下脚步。天空黑压压的，布满乌云。他迟疑了一下，刚抬起一只脚想往外跨，忽见一道闪电从天空劈下，接着就是地动山摇的雷鸣。

拉奇吓得不敢乱动。

是闪电狗！

随即，天上下起了瓢泼大雨。乌云中仿佛正在发生一场大战，天狗一次次地击退死亡，而闪电狗这位迅捷无比的英雄则从沉睡中醒来，在天空来去纵横，划出道道火光，尽情地对地狗进行百般嘲弄。尽管拉奇没有丝毫畏惧，但也不愿意在这种天气里外出。

他等了又等，然后感到身侧一暖，是贝拉站到了他的旁边。贝拉并没有看他，同样抬头望向昏黑的天空。

“和我们在一起吧，拉奇，”她最后说，“哪怕是暂时的？”

拉奇一时间无法回答。他想到了每天早晨醒来时的那份孤寂，想到了斯维特离开后的那份空虚。他回忆起小时候大家在一起的那种温暖和闹哄，以及睡在身旁的斯魁克身上的那种气息。现在，斯魁克成了贝拉，此时就站在他旁边，虽然情况发

生了改变，却有某种相同的东西延续着……

“好吧，”最后，拉奇缓缓说，“不过只是暂时在一起。”

贝拉高兴地叫了一声，猛地扑到他的身上。拉奇也十分喜悦，身体有种麻酥酥的感觉。两只狗打了几个滚儿，然后跳起来一起兜圈圈。在贝拉的驱赶下，拉奇朝那个小团队走去。

大家都兴高采烈。戴兹冲上前，和贝拉闹成一片。健壮的布鲁诺也玩心大起，屁股一扭把幼小的戴兹顶开，戴兹跌跌撞撞地倒在阳光身上，两只狗顿时翻倒在地。然后大家都开始相互追逐打闹起来，似乎世界上再没有什么可忧虑的事情。

拉奇躲闪开撞过来的玛莎，心想：这座空荡的商城给这些狗提供了最佳娱乐场所。米琪松开嘴里那块宝贝一般的皮革，像对待老鼠似的扑抓地上长脚的衣服，然后布鲁诺也过来抢，两只狗顿时展开了一场撕扯大战。

拉奇乐呵呵地看着眼前的场面，冷不丁被贝拉撞在身上，这对兄妹也顺势扭打成一团。

“你还好吧?”贝拉上气不接下气地问。

“当然啦！有本事来啊！”拉奇又扑向贝拉。

就连阳光都加入进来，撒欢似的叫着，想把玛莎扑倒在地，但却怎么也办不到。

拉奇和米琪转着圈追赶的同时，眼睛盯上了长脚们煮饭的铁锅。他平日里就特别喜欢听那种叮叮当当的嘈杂声啊！于是在玩心的驱动下，他冲进成排的铁锅堆里。一阵鸡飞狗跳之后，拉奇也终于听到了令自己十分满意的咣当声。

闹到最后，大家都闹不动了，一个个停下来，躺在地上喘气。阳光找到一摞丝绸软垫，米琪满足地躺在她旁边。拉奇四仰八叉地躺在冰冷坚硬的地板上，见戴兹倒在一旁，便轻柔地舔了一下她的耳朵。

“拉奇，快来这儿！”贝拉的声音从一个沙发上传来。

拉奇走过去，试着先把一只爪子搁在沙发上，然后再放上另一只爪子，试着按了一下，感觉十分软和。于是他跳上去，和贝拉蜷在一起。贝拉愉快地哼唧着，舔了舔他的鼻子。

拉奇闭上双眼，迷迷糊糊地想要睡觉。

月亮狗在天上看着我们……

“你在干什么?”贝拉吃惊的声音打断了他的小憩。

“我——”拉奇刚一开口，突然愣住了，“我正准备睡觉……”

“你已经睡着了。”贝拉看着转了三圈的拉奇说。

拉奇停止转圈，好奇地抬头看贝拉。面对如此美好的时光和软和的沙发，难道贝拉不打算睡一觉吗?他低下头，疑惑地嗅了嗅沙发，然后不明所以地看着贝拉。

“别烦躁不安，拉奇。”贝拉轻柔地说。

“我不大习惯。”拉奇调整了一下姿势，想要卧下，“这里实在太舒服……”

“这很寻常。”贝拉打着哈欠说，“你很快就会习惯的，相信我！”

拉奇想了一会儿，轻声说:“你和你的长脚主人肯定生活

得很幸福吧。”

“曾经是的。”

“他们现在在哪儿？发生什么事了，贝拉?”

“唉。”贝拉将头搁在前爪上，竖起耳朵仿佛从回忆里听取什么。她叹息着说：“裂地吼来的时候，一切发生得那么突然，可怕的恐惧笼罩下来。他们仓皇离开，把行李堆放在怪叫笼里，然后便开走了。他们带走了所有的东西，”她悲伤地喃喃自语，“却独独留下了我。”

嗯，她还能指望什么？那些家伙可是长脚啊，不是吗？她不该对长脚产生依赖心理，不该把自己的幸福寄托在拴绳的生活上……拉奇没有责怪她，而是顶了顶妹妹的脑袋，舔着她的耳朵，说：“我很遗憾，贝拉。”

“没事的，拉奇，反正我也不想念他们。唔，不是太想念吧。其实没什么可伤感的——毕竟是他们不要我了。他们遗弃了我。”她的语气里充满了苦涩，但她随即抖了抖身子。

拉奇心想：现在你终于开始明白了。他对妹妹遭受的伤害感到十分遗憾，但贝拉迟早会坚强起来，告别旧时生活，比以前活得更幸福。这是他对妹妹的希望。

“况且，”贝拉继续说，“我还有别的事要操心。首先就是这些伙伴们。总得有狗来安排他们的生活吧，我没时间胡思乱想。”

“你能这么想就好啦。”拉奇很高兴看到妹妹能有这么实际和负责的想法。其实，他们兄妹俩很相似。所以，她也一定

能成为一只优秀的自由狗……

“你都经历了什么，拉奇?”

“你指什么?”

“离开崽群后，你怎么生活的?”

“哦……”拉奇合上眼睛。回忆过去有什么意义呢？因为根本没有快乐可言。不过，贝拉毕竟是他妹妹，告诉她也没什么。如果他能回忆起来的话……

记忆如模糊的电影，画面上似乎出现了一个装小猎物的池子，忽隐忽现，他看不清。不过，渐渐地，那个画面开始变得清晰。

“我记得他们带着我……就是那些长脚啦。他们面露微笑，看上去很快乐……啊！我没有挣扎。”他吃惊地睁开双眼，“我竟然没有试着逃脱。太奇怪了。我为什么不逃跑呢?”

“因为那时我们不想逃，”贝拉说，“都是小时候的事啦。你继续说。”

“我记起了长脚的房子。”一道电光闪过，照在地板上的净亮石上，顿时四周通亮。天上雷声隆隆，天狗的战斗又开始了。可怕的雷鸣回响在拉奇那段不愉快的记忆里，他突然如遭电击。“长脚们的脸上没有微笑。那是在他们的家里，有几个小长脚，小小的，好似狗崽。他们从来不让我有片刻安静，总是追赶我，抱着我，逗我。我记得我当时很累，就想自己静静地待着……”

“长脚的小孩儿的确像你说的那样，”贝拉点头说，“不过

他们一旦和你相处习惯，就不会那么坏了。”

“没错，但那个长脚大人不是这样。他怪怪的，有时会像老树一般直挺挺地摔倒，而且身上有种浓浓的衰老气味。只有扶着拐杖，他才能站起来。他的脾气很暴躁，我记得……”拉奇痛苦地紧闭双眼，继续说道，“他的手脚给我留下的印象最深刻。因为他总是对我又踢又掐，平时动不动就大发雷霆。”

贝拉顶了顶他，说：“我的长脚主人和你的不同。”

“长脚里也有好的，那是自然。”拉奇想起食物房里的那个好心长脚，心里不由得感到一阵悲伤，“但我的长脚主人不在其中。我当时被吓坏了，只想离开他。一天，他偶然没有关房门，我就从里面逃出来了。我跑啊跑啊……”

“然后呢？”

“然后我再也没有回去。”拉奇叹了声气。讲完了这段过去，他心里稍感轻松。“从那之后，我过得一直都还不错，也学会了自己照顾自己。我不用再看任何长脚主人的脸色，永远也不。”

贝拉凑近，靠在他身上。

“你还记得我们小时候听妈妈讲的故事吗？”她问。

“当然。”拉奇说，心里想起自己刚刚看到的那一道闪电。

“我想起了跟屁虫疾风和森林狗的故事。你还记得吗？”

拉奇皱眉说：“不大记得了。”他温柔地舔了舔妹妹的耳朵，问：“故事里讲了什么？”

“哦，过去呀，有一只小狗，名字叫作疾风。她是狗群里最不起眼的一只，大家都叫她跟屁虫。平日里，大家都指示她

做这个做那个。狗群的首领是一只粗野的暴狗，每次疾风做事稍稍慢了点，他就咬她。”

“疾风梦想着有一天能离开狗群，不用再受到任何义务的约束。她时常溜进森林里，捕捉一些小动物。凡是狗群里的跟屁虫，都是被严禁捕猎的。因此她每每捕到猎物后都不敢独享，总是只吃一半，剩下的一半作为祭品奉献给森林狗。”

“一天，暴风狗们降临了，把世界闹得天翻地覆。跟屁虫疾风所属的狗群因为住在山下，所以首当其冲。疾风拼命往森林里跑，暴风狗们在后面紧紧地追。她以为自己要被撕成碎片了。”

“但自从疾风向森林狗贡献祭品以来，森林狗便一直守护着她。因为她聪明伶俐，而且坚韧不屈，所以森林狗对疾风十分喜爱，正如同天狗因为闪电的速度而对他有所偏爱一般。于是森林狗帮疾风爬到一棵大树上。这样一来，暴风狗就找不到藏在树冠里的疾风了，她因此而得救。”

“从那天起，疾风就成了一只独行狗，随心所欲，不用听命于任何一位首领。平时你根本见不到她，但如果你走进森林深处，你就能听到她和她的朋友森林狗的吼叫声。”

贝拉顶了顶拉奇，说：“你的经历让我想起了这个故事。你离家出走，成为一只坚强、自由的独行狗。我只是有些遗憾，你的长脚主人竟然那样粗暴地对待你。”

拉奇懒洋洋地趴着。虽然他不需要贝拉的同情，但仅仅躺在她的身旁，心里就感到十分安慰。从今天早上就一直困扰他的恐惧和孤独，一瞬间仿佛都消失得无影无踪。感受着贝拉传

来的阵阵体温，听她讲起儿时的故事，他的心锁似乎被某种东西打开了。儿时和小伙伴们一起玩耍的快乐时光不停地浮现在他的脑海里，令他有种说不出的复杂感觉：满足、温馨、充实，还有友情……

拉奇提醒自己，过去的日子虽然美好，但都是很久以前的事了。小时候大家一起生活是很自然的——就如同需要母亲的照料一般自然。可他现在已经不是小狗崽了，他长大了，是一只独行狗。

拉奇从来没有奢望过自己这辈子能够舒服地躺在沙发上。他静静地听着布鲁诺的鼾声，听着阳光和戴兹在梦中喃喃自语，听着贝拉细微柔和的呼吸，不知不觉中也沉睡过去。等醒来时，他发现夕阳已经照进破烂的商场里，其他狗也被阳光晃醒，个个伸着懒腰打着哈欠。

天狗的战斗已经停止，大雨停歇了，外面的空气被雨水洗涤一新。拉奇刚站起来伸展前爪，便见贝拉抬起头来。

“天狗把乌云扯散了。”拉奇沉吟说，“这是好事。”

“太好了，该回家喽！”戴兹嚷嚷说。

“还等什么？咱们现在就出发！”阳光也叫嚷说。

“慢着！”阳光突然疑惑地看着他们，问：“家？家在哪儿？”

“当然是在我们来的地方呀！”贝拉舔了舔他的脸说。

“和我们一起走吧！”阳光跳起来，看向拉奇的目光里充满了崇拜的小星星。

“虽然长脚主人们走了，可我们的家仍在那里。”玛莎悲

伤地说。

布鲁诺明智地点点头说：“他们说得没错，拉奇。我们的确没有你坚强，但这不代表你不需要帮手。”说着，他放松全身的肌肉，作势前扑，“知道吗，只要把我惹急了，也很能打的。怎么样？”

大家纷纷做出祈求的姿态。布鲁诺虽然努力装出一副淡然的样子，但也没能很好地掩藏住自己的热切。米琪的嘴里仍旧叼着他的宝贝皮革，和玛莎一起可怜兮兮地望着拉奇。至于阳光和戴兹这俩小不点儿，在他面前跳来跳去，着实的不安分，但他感觉一巴掌就能把两个都打飞了。

拉奇叹了口气，看向贝拉，见贝拉也看着自己，目光中透着关心和期盼。他想起刚才一觉醒来，发现身旁睡着贝拉时的那种美妙感觉。

老猎手说得对——不能任由裂地吼改变本性——但在这个新环境下，或许独行狗的作风也该暂时做出一些调整。他们所说的那个“家”里不会再有长脚出现，住进去应该还凑合吧。想到这里，答案突然变得简单明了。

“好吧，”他说，“我跟你们一起回去。不过是暂时的！”

贝拉欢呼起来，高兴地跳起了舞。其他狗也都兴高采烈地大呼小叫。戴兹后腿支地原地打转，没转两下就摔倒了。拉奇看见自己的决定竟然令大家如此欢欣鼓舞，顿时有些飘飘然。

他仍不习惯群体生活，永远也不会习惯。但，谁又能把眼前的这个奇怪的组合称之为“团队”呢？

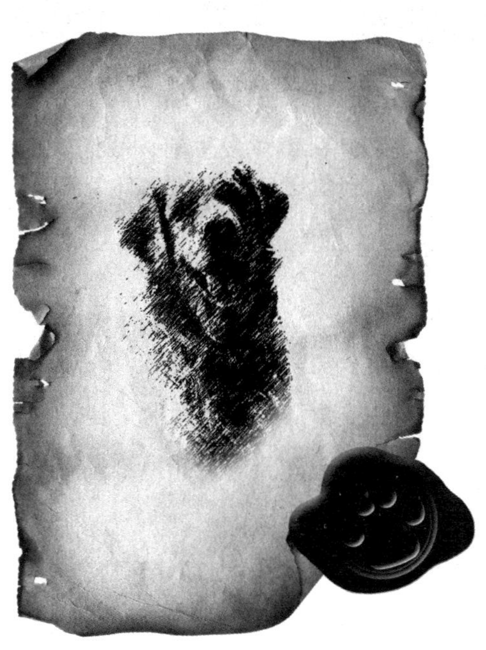

第九章

“嗨，这次裂地吼事件发生前，我们就是老朋友了。”布鲁诺一边使劲往拉奇身边挤，一边向他解释道，“大家伙，你们说是不是啊?”

直到离开商场很远，拉奇才意识到周围的环境早已经面目全非。他过去经常在嘈杂的市区觅食，在那里总能找到许多小零食。如今，街道支离破碎，因为两边建筑物塌陷的缘故，视野变得非常开阔。想起昨天看见的那个火箱子以及守在一旁的暴狗，拉奇仍感到不寒而栗。

地面的影子渐渐拖长，夕阳为房屋残骸的轮廓涂上了一层金边。水仍从裂开的水管里向外喷涌，变成亮闪闪的水滴落下。拉奇认出这里以前是那些长脚们生活居住的地方，这里的房屋都很整洁。他忐忑不安，不知道长脚们什么时候返回——或者，他们还会回来吗？难道他们不回来搜寻遇难的同胞吗？他知道长脚们从不任由同胞的尸体腐烂在土地上，他们总喜欢把那些尸体埋进土里，就好像狗保存宝贵的骨头似的。可是，他们为什么还没有回来呢?

其他狗的吵嚷声不时打断拉奇的思路，令他无法在这件事

上深想。小不点儿戴兹急不可待地跑在他的前面，弄得他好几次都差点儿被绊倒。

拉奇害怕踩在戴兹身上，不得不把自己的步子缩小。就听戴兹接着说："你说得对，布鲁诺！咱们都是老朋友了，从小就生活在同一条街道上。"

"而且还在同一个狗公园里玩耍！"米琪加了一句嘴，"贝拉，你觉得那个沙坑还在吗？"

"肯定完好无损。"玛莎说，"终有一天，等长脚主人们回来了，咱们一起再去玩一玩。或许到时候拉奇也会去呢！"说着，她充满期待地看着拉奇。

沙坑？拉奇差点儿没咧嘴笑起来。看来这些狗并没有长大呀。他没有理会玛莎期待的目光。"这么说，你们是……朋友喽。而且照你们的说法，长脚主人们也是——"他顿了顿，一时间不太适应这种想法——"也是你们的朋友。可是，这不像——唔，这不像一个狗群，是吗？"

"不！"阳光耸了耸肩膀，说，"不像一个野狗群。"

"可我们仍然算是狗群的一种吧。"贝拉想了想说，"我们一起玩耍，有时一起进食，我们还彼此了解。"

狗群可不仅仅如此而已，拉奇暗想。

"我们的长脚主人们——他们也形成了自己的群体。"米琪补充说，"他们也经常聚在一起。那样能玩得开心。"他显出一副煞有介事的样子。

"你等着瞧吧，开心的日子还会回来的！"阳光嚷嚷着说，“我的长脚主人会回来找我的，我知道她会的。她要回来拿她的飞盘——她走到哪儿都带着它——而且她还要回来找我。”

拉奇看了贝拉一眼，因为不忍心破坏阳光的憧憬，他什么也没说。贝拉也没有说话，眼神却满是哀伤，两只耳朵无力地耷拉着。至少她明白世界已经发生了巨大的变化。他们还能够听到地狗向他们传达的讯息吗？他们还能够将自己的感觉与自然融为一体吗？或许他们已经失去了那种天然的直觉？

拉奇不想让其他狗觉察到贝拉的异样，于是蹭了蹭她的脸。其他狗则在相互舔对方的脸，为即将到来的幸福生活庆贺……

什么？拉奇看见那些狗互道晚安后，便各自散开，进入不同的长脚房子里。天狗啊，他们到底在干什么？这些家伙对群体规则简直一窍不通——比如住在一起，比如听从首领指示，比如相互守卫……面对这些菜鸟，拉奇觉得自己都成群体生活的专家了。

不仅仅是他们这种解散的行为令他担忧。尽管这里的房屋还伫立着，但随时都有倒塌的可能。有些墙壁被裂地吼啃得七零八落，许多窗户已经碎了，水从地下冒出，在马路中央越聚越多。从地底下还散发着长脚垃圾的味道，但飘进拉奇鼻孔内的所有气味当中，最为浓烈的却是一种危险的气息。

“你们当真要睡在这儿？”拉奇喊住了贝拉。

“什么？哦，这里现在很安全，拉奇。别担心，裂地吼已

经走了。”

“能走就能回来。”拉奇提醒说，“这些房子有的已经成了危房。你看看墙壁——都倾斜了。墙上的裂纹好像蜘蛛网一样——难道你感觉不到有一种无形的力量吗？难道你听不见那种力量发出的声响吗？”他说着说着突然打了个冷战，他想起了差点儿杀死老猎手的发光能量，依旧感到心有余悸。有了第一次的可怕经历，他可不敢再从那种狂暴的力量下拯救其他的狗了。“贝拉，这里仍然很危险。谁知道裂地吼是真离开还是假离开？”

“噢，拉奇，”贝拉温柔地舔着他的脸说，“经历过牢房的事，难怪你会变得紧张兮兮的。可这些房子就是我们的家啊。真的，住在这里的长脚们都很好。”

“说不好为什么。”拉奇脖颈上的毛仍然竖立着，“我觉得咱们应该睡在外面。还有，你们干吗要分散开？虽然我对狗群了解得不多，但生活在一起是最基本的吧？那样的话，到了夜晚你们才能相互取暖，彼此之间才能有个保护。”

贝拉瞅了瞅四散的伙伴们，迷茫地说：“可是，拉奇，这些房子是我们的家呀。万一长脚主人们回到房间，看不到我们怎么办？难道你看不出这么做有多重要吗？”

不，拉奇心里暗想，*我真的看不出有什么重要的*。但他没有对贝拉讲明——况且，他在贝拉的眼睛里看到了一种决心，而这种决心令他不自禁地生出尊重之意。他知道自己一旦跟着贝拉进入长脚的房子，临到头来只怕还得救她。可这是他为妹

妹应该起码做的事情啊。

当他走进房间时，顿时明白贝拉不愿意留宿街头的原因了。尽管房间里狼藉一片，墙上、天花板上布满了裂纹，但大部分的房间是干燥的，毫无疑问，这里是睡觉的好地方。

“拴绳狗才稀罕这里。”拉奇不忘提醒自己说。

拉奇一边溜达，一边惊叹于房子的宽敞——这里丝毫没有牢笼的憋屈。走在房间里，他居然有点自由自在的感觉了。他来到银色的金属箱前，鼻子在周围嗅来嗅去，嗅到一股淡淡的食物香味——有生肉的气味，奶酪的气味，还有面包发霉的气味——可惜，箱门关闭得很死，根本拉不开。他闻到身后传来贝拉的气息，于是转过头去，看见贝拉尴尬地站在走廊。

“我也打不开箱门。屋子里本来还有些食物，不过都被我吃光了。我本该省着点吃的，但实在饿得厉害。”

“别自责了。”拉奇安慰说，但心里却认为贝拉太短视。才过去一天而已，她竟然把所有的食物都吃掉，也不想想以后的日子该怎么过——但拉奇转念又想，贝拉是只拴绳狗，还能指望她的目光有多长远呢？想到这里，他不由得为自己学会了如何独立生存而感到庆幸。在这个严酷的新环境里，那些像贝拉一样的拴绳狗该如何生存下去呢？

“可我还是太蠢了。”贝拉沮丧地说，“我本该聪明些的。我确实想到了应该为日后留点食物，那几个伙伴却没有我考虑的这么多。”

“他们的确还有很多东西要学。”拉奇感叹道。

“噢，拉奇，请别对他们有看法。”贝拉恳求说，“他们都是在无忧无虑中长大的。过去我也从没为自己下一顿吃什么而担心过，但我明白并不是所有的狗都像我们这样生活。我现在终于知道其中的差别了。”说着，她转身离开厨房。

拉奇心里有些烦躁，于是坐下来，用后爪挠了挠耳朵，感觉舒服了些，然后在食橱的柜门前一通乱嗅乱扒。他又来到金属箱前，先是用爪子抓门，然后咬住箱门往外扯，直到把牙都快扯掉了，门依然关得死死的。白白忙活了一阵子之后，他想：我还是舒舒服服地歇着吧，到了明天再说。于是他去寻找妹妹。

贝拉就在隔壁的房间里，那里摆放着桌子和书柜，还有一些灯——却没有那种恐怖的隐形能量。他刚才就是在这间屋子的沙发上睡了一觉。他的妹妹卧在一个角落里，抱着一小堆长脚的物品嗅着，脸上流露出哀伤的神情。

贝拉没有理会拉奇，只是嗅着一个座垫上残留的气味。那一小堆物品里还有一件散发出汗臭的皮衣和一根用来拴狗的皮带。拉奇一看见那根皮带便生出莫名的反感，但贝拉却显得非常留恋。

拉奇同情地舔了舔贝拉的耳朵，把沉浸在回忆中的妹妹吓了一跳，她慌忙站起来，目光躲闪着，不敢看拉奇的眼睛。

“我有些累，”贝拉粗声粗气地说，“这些东西能帮我睡着。仅此而已。”

拉奇顿感无语。长脚的这些零碎东西居然还能给一只狗催

眠？或许是妹妹太怀念长脚了吧。如果猜得不错，贝拉肯定是因为尴尬而不愿承认罢了。

“好啦，”拉奇蹭了一下贝拉的头，“快睡觉吧。谁知道明天会有什么事呢？”

看样子那个角落就是贝拉过去睡觉的地方了：毛茸茸的金色软垫上全是她身上的气味。拉奇看着贝拉懒洋洋地绕着软垫转了一圈后趴上去，脑袋搁在前爪上。

角落里很暖和，软垫也刚好适合两只狗一起躺着。只是贝拉有些躁动，不停挪动身体，连累拉奇也不能入睡。

他抬起头，微微张开嘴，吸了口空气，嗅到一种熟悉的、不安的气息。他忽然感到一阵惶恐，因为就在裂地吼来临之前，他曾有过类似的感觉。

“贝拉，我们不能睡在这儿。”拉奇紧张地四处张望，“万一房子塌了怎么办？”

“放心吧，裂地吼已经离开了。”贝拉平趴在软垫上，似乎想睡了，“别傻了，拉奇。没事的。”

可是拉奇感觉出她其实很清醒。果然，贝拉翻腾了一下身子后站起来，低着头，耳朵烦躁地竖立起来。

“换一只爪子……”她嘟囔说。

妹妹的不安立刻让拉奇警觉起来。

“地面升高了，贝拉！地面升高了！”

“没错，拉奇，地面的确升高了！”

贝拉的话音刚落，他们身下的地面立刻晃动起来。尽管晃

动很轻微，但兄妹两个立刻跳下软垫，朝屋外奔去。由于上次裂地吼把许多房门都震坏了，所以两兄妹在往外逃的过程中没有遇到房门的阻碍。谢天谢地，要是长脚们看见这些破烂的房门保准头疼，但对于逃命的狗来说却万幸至极。

“快去通知其他狗！”贝拉大声叫道。

还没等他们发出犬吠，就看见其他狗纷纷从房间里跑了出来，冲到房前的开阔草坪上。可怜的狗们吓得不知道该往哪个方向跑，只是在原地转圈的转圈，哭喊的哭喊，扒地皮的扒地皮。玛莎冲她的房子叫了一声，然后就要往回跑。戴兹连连惊叫，也想跑回房子里去。

“不许回去！”拉奇大吼一声，“大家都聚过来！”

在这种情况下，聚在一起只能算不是办法的办法了。这些狗们齐齐地看着他，一道道信任的目光令他感到汗毛直竖。

“大家都聚过来，快啊！”拉奇的命令很粗暴，但没有狗表现出反抗的意思，全都乖乖地围过来寻找安全和保护。那种感觉，仿佛就是回到了……

族群，拉奇的脑子里忽然闪过一个词。

地面震动得非常剧烈，似乎想把大家都掀翻。难道地狗也对裂地吼产生畏惧了？还是他们决裂了？拉奇不知道怎么会这样，只能在心里暗暗念叨：*求您了，地狗，求您了，保佑我们平安……*

或许是地狗听见了拉奇的祈祷吧，因为裂地吼并没有回来——地面震动得没有像上次那样恐怖。也可能这次来的是一

只小裂地吼，跑出来随意折腾了几下，就准备回到地穴里睡觉了。地面渐渐停止了震动，拉奇缓缓吐出胸中的闷气，仿佛这口气憋了几十年。其他狗也都平静下来，一边抖着身上的毛，一边打量四周破坏的情况。经过刚才的地震，他们再也不敢回到长脚的房子里。拉奇看着冷静下来的伙伴们，心中涌起一阵自豪。虽然这种自豪产生得有些莫名其妙，但的确是为了他的……

不许往下想，他告诫自己，*他们不是我的团队。*

虽说他对这些狗有援手的恩情，因此这些狗对他唯命是从，但这并不意味着他们是一个团队啊！一旦危险来临，这些狗们根本派不上用场。

“又到该离去的时候了。”拉奇暗想。他命中注定孤独一生，这一点要牢记。团队绝不是大家围在一起相互取暖那么简单，更有许多的责任和义务，其中有些内容他不愿去想……

不过现在他不需要操心这种事，因为眼下就有麻烦。远处传来隆隆声，声音源头移动的速度很快，不一会儿，隆隆声就变成巨大的碾压声，石头纷纷碎裂，金属被压得尖叫呻吟，空气中弥散着浓厚的灰尘。

大家都惊呆了，趴在地上不敢动。拉奇抬起头，被眼前的景象吓得张大嘴巴。只见贝拉家原先是一栋房子的地方，此刻已成为滚滚烟尘。

巨响持续了很久，等灰尘渐渐散去，阳光这才不安地发出哀鸣，而米琪更是惊叫连连。

刚才的动静虽然大，但因为拉奇幸运地选了个好地方，而且大家也都围在一起，所以没有狗受伤。

拉奇惊魂未定，犹如石化一般，看着传来巨响的那片废墟，身上竖立着的毛仍然没有落下。是地狗在为这场灾难悲号吗？还是灾难的后续？

这时，贝拉忽然激动起来，不停地吠叫。其他狗也都跟着叫唤起来，声音悲切。

拉奇不明所以，急忙问："贝拉，出什么事了？告诉我！"

"阿尔菲！"贝拉呜咽着说，"他还在那间屋子里！"

第十章

“阿尔菲——阿尔菲！”阳光急得直转圈，“拉奇，快去救救他！”

拉奇的目光从其他的狗身上一一扫过，见他们都呆若木鸡，于是问：“阿尔菲是谁?”

贝拉难过地摇了摇头，说：“阿尔菲个子不大，但很勇敢。我们外出逃命时，他不肯走，执意要守着他长脚主人的房子！”

“我就知道不该丢下他不管。”戴兹喃喃地说，把鼻子扎进土里。

“阿尔菲这下完了。”米琪有气无力地哀叹。

“若是进去救他，很可能会被砸死。”贝拉恐惧地看着眼前的废墟。一阵微风吹过，荡起一股白色的粉尘，接着，又是一根房梁折断倒塌。那栋房子里响起了孤独、凄厉的号叫。

玛莎的爪子扒拉着地面，深深低着头说：“可怜的阿尔菲，他很少和我们来往，说来也不算我们的一员。”

“玛莎说得没错，”贝拉卧在地上，一边用爪子清理眼里的尘土，一边说，“拉奇，他不是我们团队的，真的不能算

是。唉，可怜的小阿尔菲。如果他和我们一起走……算啦，那怎么可能……"

拉奇瞅瞅那栋倒塌的房子，又看看身边的这些狗。为什么听他们谈论阿尔菲的语气，好像对方已经死翘翘了？

眼瞅着这里都开始节哀了，他不得不提高嗓门儿喊道："听听你们都在说些什么！那里还埋着一只狗，一只活生生的狗啊！"

"但我们无能为力。"贝拉的耳朵贴在脑门儿上，愤愤地说，"事情已经成定局了。"

"不试试怎么知道！"拉奇怒吼道。戴兹睁大眼睛看着他。

阳光一边转圈一边说："贝拉，我们不能丢下他，是吗？"他耳朵耷拉着，又问："是吗？"

这时，阳光身边响起一声低沉的犬吠。拉奇吃了一惊，转头看见布鲁诺已经跃跃欲试了。

"拉奇说得对。"布鲁诺说，"不论阿尔菲承认与否，他都是我们团队中的一员。我要去救他！"

"谢谢你。"拉奇说。至少，布鲁诺的心里还装着其他狗的安危。"你是一名优秀的队员。走，一起进去救他。"

两只狗齐步奔向废墟。阳光在后面尖叫着说："我也去，我也要去，可是……"

拉奇摇了摇头，暗想：*他们已经把我当成经验丰富的首领了，却不知道一个团队到底意味着什么！*

不过，自己决不能辜负大家的厚望。无论未来面临什么，他们都应该凭借自己的力量去渡过难关。

拼了！不能对濒临死亡的同类视而不见。帮完他们这个忙我就离开——他们能够照顾自己！

“根据房子前面的坍塌情况看，”布鲁诺说，“如果他在那里，早就被砸死了。所以他肯定在房子的后部，也就是厨房里。那间屋子很冷，他的狗篮就放在里面。”

“聪明，布鲁诺！”拉奇查看了一下废墟，小心翼翼地在瓦砾间穿行。房子的正墙和侧墙已经倒塌，屋顶完全被掀开。

“屋子的后墙还没倒，咱们到那儿看看。”

拉奇脚上的伤还没好，所以落脚很小心。他听到废墟下面传出阿尔菲的哀叫声。

“阿尔菲！你能听见吗？”布鲁诺喊道。但他的声音完全被阿尔菲的叫声淹没了。

两只狗爬过碎砖头堆和一些扭曲的金属条，钻进房子的后院。

拉奇嗅了嗅地面，没有发觉隐形能量存在的迹象，想必隐形能量的源头已经被毁坏了。后院种了一棵老树，树冠覆盖了整个院落。拉奇紧张地抬头看了看，发现老树倾斜得并不严重，但靠近树杈的地方已经开裂，裂缝里隐隐发出呜呜声，听得拉奇心中微微发寒。

幸亏他眼神好，在即将踩上净亮石碎片的前一秒及时刹住脚步。好悬啊。他带着布鲁诺绕开碎片。后墙上有一扇窗户掉了，露出窗上完好无损的铁丝网。

“我们就从那里进去。”拉奇冲窗户扬了扬头。

他把一只爪子伸进铁丝网的网格里，迅速往后一拽。铁丝的锋利让他回想起牢房里的铁笼子，上一次就是不小心受了伤，这一次可不能再犯同样的错误——可是阿尔菲叫得他心烦意乱，顿时感到热血上涌。

*我不能放弃！*拉奇爬上一堆碎砖头，布鲁诺跟在旁边。两只狗咬住铁丝网一起向外拉。没什么动静。于是拉奇又用爪子试了试，不但没有效果，反弹的铁丝还把他的鼻子狠狠戳了一下。拉奇急忙向后跳，侧着头，看着铁丝网，内心十分沮丧。

“没有用。这可怎么办?”布鲁诺皱眉说。

布鲁诺生性骄傲，此时竟然也向拉奇寻求主意。这让他忽然感觉信心满满：“这难不倒我。”

“有啦!”拉奇转身从碎砖头堆上一跃而下，“我知道怎么办了!”

“拉奇，当心!”

拉奇听见布鲁诺的叫声，吓得急忙抬头。只见那棵老树断裂开来。

他赶紧向旁边躲闪，粗大的树枝擦着他的尾巴尖坠落地面，扬起的风忽地一下冲在了他的后腿上。

等一切安静下来，拉奇回头朝布鲁诺投去感激的目光，然后冲向贝拉的那栋房子。

从伙伴们身边经过时，贝拉和阳光正大声叫唤，也不知道是在为他鼓励加油呢，还是在劝阻他。拉奇没有听清，也没时

间想。他来到贝拉的房子前，心里犹豫不决。

这座房子或许也要塌。拉奇盯着蛛纹密布的墙，前腿紧张得直发抖。

动作一定要迅速……

穿过走廊，他找到贝拉睡觉的角落，用嘴叼起那件柔软的皮衣。皮衣很大而且很厚，不好带走，不过用来做他想要做的那件事情正合适。他拖着皮衣钻出屋子，到达屋外空地的那一刻，紧张的心情终于放松下来，肌肉都微微发抖了。他喘了口气，让剧烈跳动的心脏稍稍平息——其间还不忘感谢了一下地狗的仁慈——然后才向等待他的布鲁诺跑过去。

“我们来啦，阿尔菲。”布鲁诺大声安慰说，“再忍一下！冷静点！”

*求求您，地狗大人，*拉奇暗自祈祷，*刚才您已经保佑了我，能够再保佑一次吗？请您让我们救出阿尔菲吧。请您别让裂地吼袭击我们……*

在皮衣的包裹保护下，拉奇和布鲁诺用力咬住铁丝网，使出吃奶的力气往后拉。铁丝越来越细，终于断开。还有最后一根——整个铁丝网拉开了。

万岁！可以进去啦！

木头窗棂上仍旧残留有净亮石的碎片，很锋利。不过有皮衣的保护，两只狗毫发无损地挤进窗户。

布鲁诺站在遍地碎石的地板上，气喘吁吁地叫：“阿尔菲！你在哪儿？”

一个微弱的叫声从长脚的沙发下传出。拉奇上前，经过一番撕扯，松动出一个空隙，能让他们够着被困在下面的阿尔菲。布鲁诺伸进爪子，抓住阿尔菲的项圈，将他拽了出来。

小狗趴在地上不停发抖，过了一会儿才站起身来，在拉奇面前显得十分紧张。阿尔菲属于那种短粗身材，臃肿的脸上布满皱纹，身上是棕色和白色相间的毛。

“谢谢你们。”他小声说着，悲伤地看着惨不忍睹的房子。

“走吧，”布鲁诺不满地说，“我们把你带到其他狗那里。”

拉奇小心谨慎地在前面领路，阿尔菲个子小，不能跳上窗户，布鲁诺不得不让他踩着自己的头上去。

三只狗来到屋外安全的地方后，布鲁诺说：“阿尔菲，你以后不得不跟着我们一起混啦。”

“好的……噢，我可怜的长脚主人！”他看着已经变成废墟的家，悲伤地说，“他们去哪儿了？他们到底在哪里？看看这个地方，他们回来该怎么办呀！”

拉奇迷惑地眨了眨眼睛。这些拴绳狗们为什么那么在意长脚的感受呢？他们完全把自己的想法寄托在长脚的身上了。

“别再操心长脚的下落了。”拉奇怒气冲冲地说，“从现在开始，你们要学会自力更生。”

阿尔菲怯生生地看着拉奇，问：“你是哪位？”

“他叫拉奇。”布鲁诺插言说，“阿尔菲，刚才没有被砸死在屋子里，算你走运。现在咱们走吧。”

三只狗回到草坪上，见大家仍紧张兮兮的，拉奇心里越发

轻视他们了，暗想：没有你们，我们照样把他救出来了。

贝拉走上前，畏畏缩缩地舔了一下拉奇的耳朵，愧疚地说：“你做得很对。”

拉奇不满地哼了一声，并没有因为贝拉的这句话而原谅她。其他狗纷纷避开他的目光，眨着眼睛张望尘雾当中的废墟，心情和周围的破烂环境一样凄凉。

阳光首先恢复过来，走到阿尔菲身前，向他表示欢迎。很快，其他狗也都走过去，向那个刚才差点儿被他们抛弃的朋友示好。

“对吧，贝拉？”阳光说，“我就知道拉奇准能救出阿尔菲！我知道他能行！”

“我也有份儿。”布鲁诺埋怨说。

“当然啦，勇敢的布鲁诺！”阳光崇拜地说，“贝拉，他们的做法很对，你刚才不该阻止他们。”

“呸！”玛莎不屑地说道，“你刚才不也没有上去帮忙吗，阳光！”

“都别吵！”在大家的哄闹声中，阿尔菲走上前，难以置信地说，“贝拉，你刚才要把我丢在那里不管？”

哄闹声戛然而止，贝拉更是深深地垂下头。

“阿尔菲，你不该生贝拉的气。”米琪说，“她只是谨慎行事。”说着，他走到贝拉身旁，蹭了蹭贝拉的脖子。“我们并不知道屋子里有多危险，刚才那种情况下，任何意外都有可能发生。布鲁诺和拉奇也可能葬身在里面。贝拉是为了大家的安全

才做这个决定的。过去的都过去了，所幸你也脱离了危险。”

贝拉感激地舔了舔米琪的脸，阿尔菲听了米琪的解释后，不好再说什么。不过，拉奇一直没有说话，也不知道心里在想什么。

米琪的话自然有道理，贝拉刚才的表现确实很理智。然而……

当听到阿尔菲的呼救声时，拉奇无法——那种凄惨的喊声激起了他的血性，他无法坐视不理。那是一种本能，是一种植根在血液当中的狗武士精神。而他逐渐意识到，每当面临危险时，他就是凭借着这种精神力量去行动的。

如此说来，那么贝拉的精神力量是什么呢?

拉奇躺在地上，难过地看着妹妹。妹妹身上的狗武士精神已经被深深埋没，以至于她都遗忘掉了。狗在面临困境时，应该听从自己内心的声音——但贝拉的思考方式却像一个长脚。

他站起身，忧心忡忡地走到妹妹身边。贝拉看上去有些不安，但紧接着所有的狗都开始不安起来。米琪摸着他的手套——拉奇终于明白眼前的情景像什么了。那些长脚的小孩在街头赛球时，就曾有过这样的表现。玛莎蹲在歪斜的大树下，耳朵耷拉着。阳光在闷闷不乐地啃草叶。戴兹走来走去，眼睛看着残垣断壁，时不时嗅嗅空气。阿尔菲则是安静地趴在地上，做出一副沉思的样子。

作为一个团队，他们面对第一次测试就失败了，拉奇心想，*而且他们自己心里很清楚*。

想到这里，他轻轻对贝拉叫了一声。

贝拉看着他，尾巴下垂到地上。

“拉奇，别说出来。”她苦涩地说，“我并不是不关心阿尔菲的死活，可是我同样担心其他狗的安全，也担心你的安全。”

“贝拉，对我你不必找任何借口。”拉奇的语气很温和，但贝拉一听，立刻就奓了毛。

“我没有找借口！我的决定非常理智，你的行为却是不理智的。如果你被砸死在那间房子里，也是咎由自取。”

“你不需要担心我！我向来都是自己照顾自己——已经习惯了。”

“但布鲁诺不是！我们全都不是！”贝拉怒声说，“你必须明白这一点，拉奇。我们可不像你，我需要做出自己的决定。虽然你最后救出了阿尔菲，但事情也有可能朝相反的方向发展！如果那样，就是一场大祸事。所以，你没有权利指责我的过失。”

拉奇也生气了，瞪着妹妹说：“我知道。其实，我觉得重要的是你……”

一声惨叫打断了兄妹俩的争吵，所有狗都朝阳光看去。

“戴兹！”阳光喊叫着，惊慌失措地四处乱寻，“戴兹在哪里？她失踪了！”

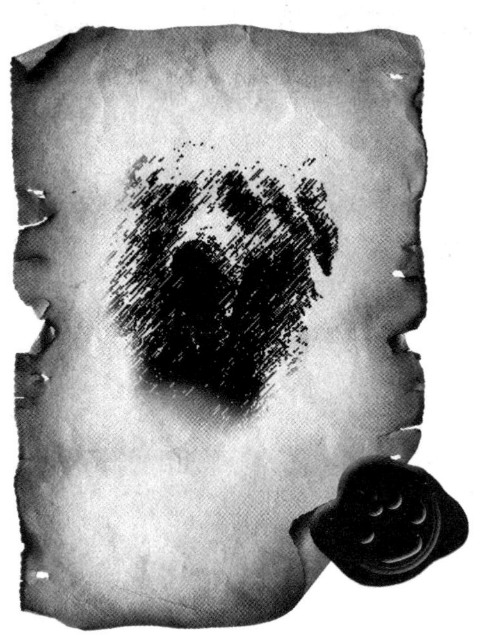

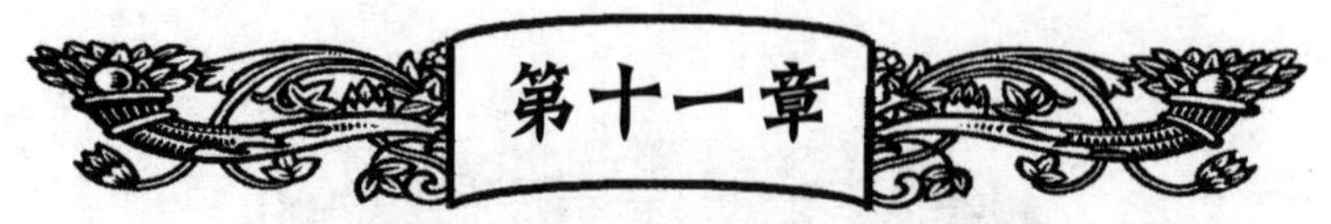

第十一章

戴兹遇到什么麻烦了？拉奇心想。

阳光焦急地转圈圈，玛莎走来走去，米琪竭力把大家约束在拉奇周围。可是其他的狗都吓破了胆，根本不听招呼。

“我们必须去找她。”布鲁诺说，“必须去！可是去哪里找呢?”

“咱们不能干站着！”阳光叫了一声，然后想起了什么，忽然就蔫了下来，嘀咕道，“可别像上次那样。”

“布鲁诺说得没错！”贝拉说，“我们要三思而后行！”

“还是这一套。”拉奇生气地想，“但不是所有狗都吃这一套的。”

他跳到一堆碎砖头上，大吼一声：“大家都安静！”看见大家的注意力都转向自己，他摇了摇头，说道：“安静——吵破了天也帮不了戴兹！我先嗅嗅她的踪迹。她应该不会离开太远。”

在拉奇的左侧有一排长脚的房子，尽管没有倒塌，但窗户全都裂开了，有些墙也塌了。拉奇走过去，鼻子嗅着，耳朵听着，竭力想锁定戴兹的行踪。就在刚才和贝拉吵架的时候，他

无意中看见戴兹曾眼巴巴地看着这排房子中的一栋：那栋房子的花园里有一个残的破秋千，台阶上有个缺了一只耳朵的石头兔子。

贝拉和米琪跟在他后面。这一次倒是表现得很坚决啊！

其他的狗留在原地观望。这样做起码不会扰乱戴兹的气息。空气中飘荡着一股奇怪的刺鼻气味，令拉奇感到头晕恶心。

忽然，他嗅到了戴兹的气味，不过那股刺鼻气味让他无法追踪下去。他仰头冲着微风，一动不动。那股气味飘来的方向是——

是戴兹的房子！

“后退！”拉奇猛然尖叫，脖颈上的毛竖立起来；那种刺鼻的味道似乎常常与某种灾祸联系在一起。虽然它并不是死亡的气息，但拉奇的直觉在冲他大喊，让他赶快避得越远越好。

他谨慎地靠近戴兹的房子，刺鼻的气味令他几欲晕倒，眼睛含着泪水，胃里翻江倒海。

不过，戴兹的气息依然存在，确定无疑。

看，她就在那里！她站在裂开的门廊下，目光涣散，身形摇摇欲坠，仿佛随时都会倒下。

拉奇急忙冲上前，咬住她的项圈，将她提了起来，转身向外跑。由于戴兹的重量压在身上，拉奇跑得摇摇晃晃，但却不敢有所停留。直到鼻子里再也闻不到那股刺鼻气味的时候，他这才松开口，任由戴兹倒在草坪上。他站在戴兹身旁，大口喘

着气，累得眼前直冒金星。

这时戴兹已经睡着了，躺在地上一动不动。拉奇狠狠地舔了舔她，想把她叫醒。贝拉和其他狗也惊疑不定地围了过来。

“她怎么会睡着呢？”阳光叫道，“你在哪里找到她的？”

“快醒醒，戴兹！”贝拉悲伤地说。

她的身体纹丝未动，几乎看不出呼吸的迹象，而且两肋的起伏越来越微弱。难道她快要停止呼吸了吗？她两眼上翻，口吐白沫。玛莎伸出大爪子，轻轻擦去戴兹嘴角的白沫。拉奇微感诧异，没想到体形巨大的玛莎居然动作如此轻柔。

“别死啊！”贝拉焦急地说。她用爪子轻触戴兹的身体。没有反应。

“别打扰她了，”拉奇对妹妹说，“让她安安静静地走吧。”看样子戴兹已经不行了。拉奇低着头，正要转身离开……

“等等！”贝拉叫着，凑近戴兹的身体，“你们看！”

戴兹的生命之火正颤颤悠悠地逐渐恢复。她睁开眼睛，身体抖了一下，一只爪子抽动着，尾巴无力地拍打。尽管她还很虚弱，但拉奇像心里落了大石头般向后坐倒，看着贝拉去舔戴兹的脸。

“噢，戴兹，你没事啦！”贝拉安慰她说，“究竟怎么回事？你去哪儿了？”

戴兹摇晃着坐起来，沉重的头摆来摆去，努力保持身体的平衡。

“对不起。刚才你们吵得很凶，我不想听。”

米琪上前舔着她的鼻子说：“你走的可真是时候呀！”

“我只不过想，唔，看看我长脚主人的房子倒塌了没有，然后……我嗅到奇怪的气味……”戴兹抖了下身子，流露出害羞的表情，但目光却渐渐澄明，耳朵也竖立起来，看样子好了很多。

“我从来没有闻过这么恶心的气味——就算上次被臭鼬喷了一身臭屁，不得不睡在车库里，我也没受过这种罪。我不知道这是什么气味，于是想找到来源后告诉你们。”说着，戴兹变得有点不好意思起来，“我发现气味是从厨房传出来的。我走近深吸了一口，立刻头昏眼花。我知道应该回到你们身边，但好像连直线都走不成，感觉糟透了。”

太阳狗爬上了天，光芒洒遍大地。拉奇望着眼前的破败景象，忽然警觉地站起来。

“大家听着，”他看着众狗，口气坚决地说，“你们必须离开这个地方。这是为你们好。”

“你说什么？”贝拉凶巴巴地说，“我们不能离开这里！”

拉奇冷不丁地被吓得后退一步，说：“贝拉——”

“这里是我们的家！”贝拉怒吼着说，“我们必须等长脚主人回来。不论你是不是理解，我们都不能走。还不到时候！”

拉奇哑口无言。是的，他的确不理解。妹妹严厉的语气让他十分紧张。

其他的狗都耷拉着尾巴，耳朵贴在脑门儿上，在贝拉和拉

奇之间来回看。贝拉的样子很凶，脖颈上的毛都竖立起来了。

“贝拉，可是……”戴兹小声说。

“别说了。戴兹，你不要听他的！拉奇很聪明，但他是独行狗，不会理解长脚主人的好处，也不会理解我们坚守的原因！”贝拉对哥哥龇着牙。

“拉奇，我知道你不同意我的观点，但我们忠于长脚主人，决不会离弃他们的家。”

“贝拉！”拉奇怒道，“看在天狗的分儿上，不要固执己见！难道你没有发现吗，这里非常危险——那种气味差点儿要了戴兹的命。阿尔菲的房子也塌了。况且，那根本不能算阿尔菲的房子。”他还粗暴地加了一句：“那房子属于阿尔菲的长脚主人，阿尔菲的长脚主人抛弃了他——就像你们的长脚主人抛弃了你们一样！”

贝拉一脸沮丧，但仍驳斥说：“他们不是故意要抛弃我们的！”

拉奇走上前，生气地说：“不，他们是故意的。贝拉，这些房子都塌了。”他转头看了一眼荒凉的废墟。灰蒙蒙的天空下，那些残破的建筑群显得更加阴森不祥，仿佛随时都会彻底崩溃。

“这些房子迟早完蛋，那股气味就是死亡的气息，很像是地狗呼出的！”

玛莎害怕得发抖，阳光可怜地发出一声哀叫，可是贝拉却无动于衷：“拉奇，你太迷信了！这股气味是——唉，我不知

道，但不是地狗呼出的。”

拉奇摇了摇头，怒不可遏地说：“你知道什么？天就要黑了，谁知道会发生什么事情？如果运气好，地狗会保护我们，免遭裂地吼的毒手。但如果她认为我们不值得保护——认为我们自作聪明，连近在眼前的危险都看不到呢？或许她将遗弃我们！”

“你在胡说八道！”贝拉斥责说。

拉奇吼道：“这个地方会杀了你们，不能留在这里。经历了这么多事情，难道你们还不相信我说的话吗？难道不是我把你们从困境中解救出来的？那时你的长脚主人们又在哪里？”

大家都不说话了，低着头，就连尾巴都夹在两腿之间。贝拉变得情绪低落，开始有些迷茫。

“可是，我们还能到哪里去呢？”布鲁诺问。

“我不知道。”拉奇坐了下来，挠了挠耳朵，想驱散沉闷的气氛，“我觉得你们可以跟着我走，哪怕是暂时的。贝拉，或者你可以带着你的伙伴们去别的地方。我知道你能行的。”

“我不行。”贝拉低声说。

“但无论如何，”拉奇继续说，“你们必须要找个新的地方住下。你明白的，对吗？”

戴兹的尾巴缓缓地拍打在草地上，扬起一股股灰尘。“可是，如果我们走了——离开这里——长脚主人们回来了该怎么找到我们呢？”

拉奇苦笑说：“你们不要再对长脚抱有依赖——”

他看见戴兹的眼睛睁得大大的，不由得住了口。阳光的表情也一样——充满了悲伤和绝望。拉奇长长地出了口气，强迫自己冷静下来。毕竟，他的要求对这些拴绳狗来说太苛刻了。他们已经被优越的生活惯坏了，绳子拴着的不仅是他们的身体，更是他们的精神。

他们迷失了。

想到这里，拉奇淡淡地说："如果地狗仍然余怒未消，为防止裂地吼杀回来，我们必须离开。现实就是这样——你们静下心来想想。别用长脚的方式思考——用狗武士的精神去思考。我保证，你们会虑有所得。"说着，他温柔地舔了舔戴兹的脸，以更加充满信心的口吻说："放心吧，我知道你们都很坚强。也许有一天你们的主人会回来。当你们看到其他的长脚都回迁到这里，这个地方重新安全了，届时你们也可以回来。"

拉奇说这句话时，连自己都不相信，因此感到很惭愧。他敢肯定，他们的长脚主人不会再回来了。房子毁了，财产也没了，还回来干什么？不过，他知道这些狗目前需要相信长脚们有一天会回来。想到这里，他竖起耳朵，让自己的目光里充满自信。

在他的目光下，这些狗低着头，无奈地承认了现实，尾巴悲伤地拍打着。

最后，贝拉说："是的，你说得不错。这个地方很危险，我们跟你走。不过我们需要先做一件事情，取点东西。"

她冲其他狗点点头，大家都转身朝自己主人的房子走去。

只有米琪默不作声地留在拉奇身边。

拉奇看着大家散开，心里嘀咕：他们都被我说服了吗？他们现在究竟还能做什么呢？

“戴兹！”他一转眼看见戴兹正往那个飘着刺鼻气味的院子里走，急忙喊道，“你要干什么？别去那里！”

“我只想拿点东西。”戴兹回应说。拉奇吃惊地看着她深吸了口气，然后冲进那所房子里。他紧张得屏住了呼吸，直到戴兹嘴里叼着东西重新出现在视线里，这才长长出了口气。

其余的狗一只接一只地从长脚房子里走出，嘴里都叼着稀奇古怪、没什么实用价值的东西：玛莎的嘴里是一条围巾；阳光的嘴里是一根狗绳，上面镶嵌有闪光的石头；戴兹取回的是长脚的钱包，拉奇曾在商场里见过这种袋子；阿尔菲的房子已经塌了，所以他只好从前院的一堆破烂里取回一个皮球；布鲁诺的鼻子淌着水滴，把嘴里的尖顶帽都浸湿了。

现在拉奇明白米琪为什么不回去了，因为他已经拿到了他想要的手套。

至于贝拉，她把一个毛茸狗熊放在拉奇的身前，大胆地看着他，低声说：“这些东西上仍然残留有长脚主人的气味，我们要留个念想。”

拉奇的目光从这些东西上扫过，犹豫了一下，然后点点头。至少他们也在做出努力，或许他该体谅这些拴绳狗们对过去生活的那份留恋吧。

想到这里，他舔了一下贝拉的鼻子，说：“当然，你们可

这些东西上有主人的气
味，我们要留个念想。

以带着它们。现在都跟我走吧。米琪，按照你的习惯，你走在队伍后面。我们向山里出发。”

走在残破的大街上，拉奇竭力抑制住自己回头看的冲动。不管怎样，他曾在这里快乐、自由地奔跑过。他终于可以离开这座城市了。其他的狗们却一步三回头，悲伤地向他们往昔的生活告别。这个曾经活力四射的地方转眼覆灭，一切都永远地成为过去。远方隐隐传来怪叫笼的噪声，金属的呻吟声，净亮石的破碎声和墙壁的倒塌声。除此之外，四下里有的只是死一般的沉寂。

不要回头，决不能回头……

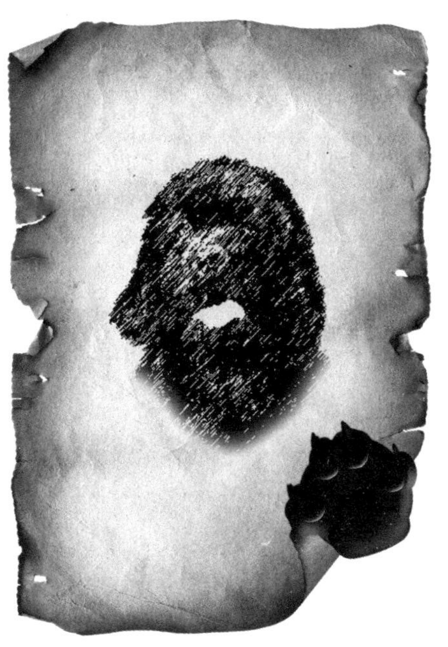

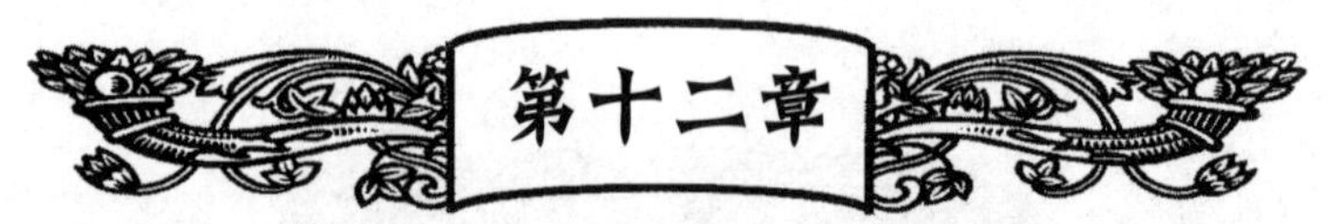

第十二章

随着路程的延长，房子变得稀稀落落，城市的气息越来越淡，拉奇的情绪却越来越高。久违的自由和原野啊——尽管他只来过几次。

他走出城市只有那么有限的几次：要么是为了追兔子，要么是为了躲避长脚的追捕。如今，他感到阵阵激情正如电流般沿着脊柱而下。他又能够捕食了——兔子、松鼠，还有田鼠。

虽然还只是郊外，但四周的环境已经有点田野的味道。前方就是灌木丛生的旷野、茂密的荒草、破烂的铁丝栅栏。这里不是原野，但也不是公园。一条缓缓流动的小河在金雀花和芦苇间穿行，大概有两只狗的身长那么宽，水面很平静。拉奇的耳朵竖立起来，兴奋地喘着气。

“水！”他喊着，撒开腿往河边跑。

还没到河边，他突然急刹车，身上的毛支棱起来，喉咙里发出一声吼叫。

贝拉也放慢速度，停在他旁边，一只爪子仍然抬着没有落地。她嗅了嗅空气，脸上露出怀疑的神情。

看见其他狗跟了上来，她说：“事情不对头。”

“大大的不对头。”拉奇说着，慢慢向后撤。

“能有什么不对啊?”随着一声欢叫，阿尔菲从他们身边冲过，差点儿把阳光撞翻在地，“快走啊!”

“阿尔菲，不要!”拉奇急忙追上去。阿尔菲已经在用他最快的速度跑了，但拉奇更快。

幸好阿尔菲的腿短。拉奇一边想着，一边跑到阿尔菲的前面，回头叼住他的脖颈。

“放开我!放开我!”阿尔菲挣扎着，四爪在河面上乱抓。

拉奇无情地转身，朝吓坏的狗群走去。大伙都警觉起来，嗅着空气，身体颤抖，脖颈的毛高高竖立。拉奇粗鲁地把阿尔菲撂在地上。这只小不点儿慌忙站起来，把身上凌乱的毛抖顺溜。

“阿尔菲，你没闻到吗?”玛莎冲他摇摇头，“河水有问题。”

“水什么时候有过问题?”阿尔菲愤愤地说，“我们主人家的水一向很棒!”

“那是因为他们喝的水都是经过安全处理，用管道输送的。”拉奇说，“过去吧，但别沾到水。”

他跟在其他狗的后面，把阿尔菲朝河边拱，后者因为嗅到河水里散发出来的怪味儿变得很紧张。拉奇对阿尔菲说:“看到了吧?睁大眼睛看看!”

阿尔菲的身体抖了一下:“水是有问题。”

河水的流速更加缓慢，清幽幽的有些混浊。更糟糕的是，水面上还漂着一团团五颜六色的东西，好像大雨过后天空浮现的彩虹。拉奇以前见过这种情况——从怪叫笼里泄漏出的液体，流到街上的水坑里就出现类似的样子——不过现在的情况似乎更糟糕。怪叫笼里的那种液体已经很难闻了，但和眼下的这股刺鼻的怪味相比，却要好上一百倍。

“这根本不是一条河。”玛莎不寒而栗地说。

拉奇惊讶地瞅了“这条河”一眼，心里暗自同意。

“这是裂地吼在地面上造成的裂沟。前不久我就差点儿掉进去。”拉奇回想起来了，“不过这条裂沟不知道被哪里流过来的水灌满了，所以看上去就好像是一条河。”

贝拉害怕地说：“咱们快离开这儿吧。阿尔菲，别总是毛毛躁躁的！你要听话。”

听到训斥，阿尔菲很知趣地说：“好啦，贝拉。对不起。”

大伙转身往回走，刚走到破烂的铁丝栅栏前，布鲁诺突然竖起耳朵，惊叫起来：“长脚！”

所有狗立刻停下脚步，都竖起耳朵听。拉奇听到远处旷野有长脚的声音，听起来人数不多，但他们来这条毒河附近做什么？

拉奇心跳加速，第一反应就是朝相反的方向跑。但其他的狗看上去却一点儿都不紧张，反而迎着声音传来的方向用力嗅着空气。

阳光兴高采烈地说：“咱们去打个招呼！”

“他们在哪里？他们在哪里？”问这话的是戴兹，他急得

原地打转。

“冷静，”拉奇焦急地喊道，“别引来他们的注意！大家都小心。冷静！”

没有狗理会他。玛莎、米琪和布鲁诺齐声欢叫，贝拉热切地朝长脚那边张望。

“在那里！他们在那里！就在高塔的旁边！”

拉奇惊呆了。没错，就是那些穿着黄皮、戴着黑面具的长脚！他曾在城市里和他们偶遇过。那几个长脚并不友善，他们穿的那种黄皮和那一张张没有眼睛的脸非常可怕。

“等一等——”

太晚了。

“哈，加油喽！”戴兹一边喊着，一边冲过去。

“戴兹！”玛莎警觉地叫道。

所有狗都去追她，贝拉跑在最前面，可是戴兹因为抢先起步，四条短腿竟然爆发出惊人的速度。其他狗距离那几个长脚还有一半的路程时，她已经跑到了，在长脚们面前欢叫着又蹦又跳。

看见长脚们没有理她，追赶她的拉奇才松了口气。或许戴兹见长脚们不睬她，从而会乖乖离去……

可是，戴兹不是那种自甘寂寞的狗。热情的招呼没有得到对方的响应，她竟然咬住一个长脚的裤腿，玩耍似的向后拽。

那个长脚吓得赶紧往后跳——没等拉奇发出警告，他就粗暴地把腿用力一甩。戴兹惨叫一声，重重摔在地上。

“戴兹！”阳光惊叫道。

可恶的长脚！拉奇强忍住吼叫的冲动，一口气冲了过去。他看见戴兹身体颤抖着，想站起来。

那些黄皮长脚们准备转身离开了，相互之间急促地说着什么，比画着手里那几根发出哔哔响声的棍子。拉奇跑到戴兹身边，后者连站都站不稳了。

“我想……但是……长脚……”她上前一步，眼睛盯着正在离开的长脚。拉奇看见戴兹仍然执意跟随，心里顿时一沉。

“戴兹，不要！”他堵在戴兹身前。

小家伙迷惑不解，惊讶地说：“那个长脚为什么把我踢开？我想……”

“不行，不能跟他们走！”贝拉也走过来，帮戴兹舔去身上的泥土。

其他狗纷纷凑过来，把她围在中间，狗们相互看着，眼睛里都充满了困惑。

“刚才那个长脚的行为太反常了！”玛莎叫道。

“我想不明白。”阳光难过地说。

“我从没见过哪个长脚忍心伤害一只狗！”米琪震惊地说。

拉奇摇了摇头，对这些狗的天真哑口无言。忍无可忍之下，他黑着脸说：“我见过。”

贝拉担忧地瞅了他一眼，但此时更应该受到关心的是坐在地上哭泣的戴兹。“戴兹，别担心。那些长脚并不是我们的主人，我们的主人和他们完全不一样。你看到他们身上穿的怪皮

了吗？还有那张脸？”

“咱们离开这儿吧。”玛莎轻柔地拱着戴兹往前走。

大家不情愿地朝来的方向返回，拉奇跟在后面，转头看见米琪没有动，于是催道：“米琪，一起走啊！”

米琪疑惑地问：“这些长脚们来到这里后没有触碰任何东西。那么他们来干什么？”

“我不知道。”拉奇老实地说，“我在城市里也算见多识广，但还从没见过这种能够哔哔叫的棍子。看情形，那几个长脚似乎想从这条怪河里发现什么，要不他们距离河水那么近干什么？”

“真烦。”米琪摇了摇头，“自从裂地吼的事发生后就没见过长脚了，这还是头一次！其他的长脚去哪里了？”

“他们逃掉了……”

“可是他们没有回来，只有这几个长脚回来了。拉奇，这很怪异，我不喜欢这种感觉。”

我也不喜欢，拉奇心里暗想，*可长脚的行为又有谁能解释清呢？反正不管这些狗怎么看，长脚和我们的确不一样……*

最后，他说：“我毫无头绪。不过我知道，我们必须离开这里，越远越好。走吧，米琪，早一刻离开城市进入野外，早一刻安心啊。”

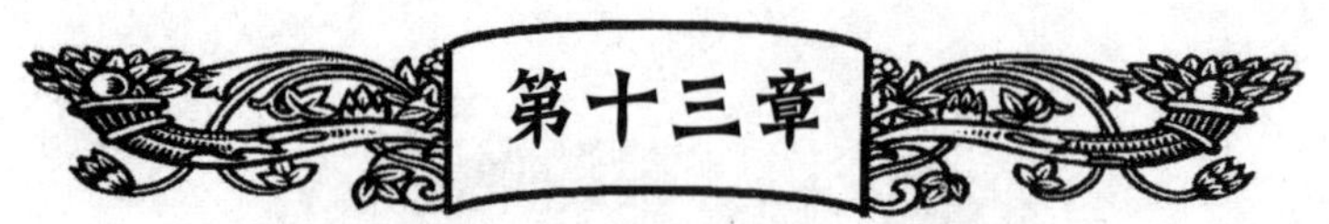

第十三章

拉奇迈开脚步，朝着与城市相反的方向坚定地走去。他心想：如今，*野外*才是我的家。

一群狗走啊走啊，走了很长时间。

直到拉奇走到一个小丘上，这才回过头，喘着粗气看着被远远甩在身后的城市。他很少站在这么远的地方去观察那座城市，观察他以前的家。如今它看上去是那样的怪异——残存的建筑摇摇欲坠，水从地缝中喷出，金属的反光刺破云霄。火山口已经张开，一举吞掉了他的城市。还有其他拴绳狗回到那里，在废墟中挣扎求生吗？没有长脚主人们的照顾，他们连一点生存的希望都没有。*一切都变了，一去不复返！*

还没等他发出过多的感叹，麻烦事就来了。阳光又被荆棘丛挂住了毛。这是第六次了！拉奇气鼓鼓地跑过去，咬住荆条用力一扯，阳光身上的一绺狗毛也连带着被扯脱了。阳光“呀”的一声尖叫道：“你弄疼我了！”

“别大惊小怪的，死不了！”

“哼，难道你看见我的毛掉了很高兴吗？你瞅瞅，你瞅瞅啊！”

拉奇没有理他，紧跑几步，回到队伍的最前面。不仅是阳光，其他狗也都纷纷叫苦。

“你们表现得很优秀！”拉奇大声鼓励他们。这个笑话冷得他牙齿都有点痛。“加油啊，别放弃。”

看着这些弱不禁风的伙伴们，他忧心忡忡：这些自幼娇生惯养的拴绳狗只怕还从来没有经历过风餐露宿的日子吧？没有我的照顾，只怕再过几个小时他们就都完蛋了。稍微有个风吹草动，他们就会哭喊着跑回已经变成废墟的家园。

就在他暗自犯嘀咕的时候，只见阿尔菲身体晃了三晃，瘫倒在地。

“该休息了吧？”小阿尔菲抱怨道。

“看看我的这一身毛！”阳光挠着肚皮，满腹牢骚地说。

“阳光，闭嘴！”贝拉呵斥说，“现在不是发牢骚的时候。”

“好啦，好啦。”米琪有气无力地走过来，松开嘴里的手套，用鼻子把大家拱到一起。

“集合点名。一只，两只，三只……唔……还有戴兹。不错！拉奇，咱们能不能多休息几次？保持队伍完整可真难……而且我的爪垫很痛……”

说实话，米琪表现得还算不错——在队伍后方负责不让任何一只狗掉队。现在就连他都开始有意见了！

拉奇大声说：“我们必须继续赶路！”

“有这个必要吗？”阿尔菲哭了起来。

拉奇站立起来，抖了抖身子，努力调整了一下自己的情绪。他的直觉在心里正对他连吼带叫，催着他赶路。

“我们不能用老眼光来看待这次行程，不能因为爪子疼或者有点喘不上气等小原因便停下歇息！这可不是长脚主人牵着你们出来溜达——我们在逃难，越远越好。你们想死还是想活？想死的话就尽管休息，我绝不是在吓唬你们。”

有些狗开始轻声哭泣。

“拉奇说得没错。”布鲁诺鼓励大家说，“来吧，大家打起精神！”

大家再次上路，尽管哼哼唧唧，但仍不忘叼着长脚主人的纪念物。拉奇尽量不去听大家的怨声，心里原本对这些拴绳狗还有些怜悯，现在也基本荡然无存。而贝拉的脾气也越来越大，和拉奇说话爱答不理的，还时常冲着米琪和玛莎怒吼，对那几只小狗也是冷嘲热讽的。

“阳光！你就不能绕开荆棘，怎么总是被挂住？蠢货！”

贝拉的口吻让拉奇很不舒服，本想替阳光分辩几句的，无奈阳光的确不太争气，所以拉奇干脆睁一只眼闭一只眼。好在他的伤爪渐渐好转，能够大踏步前进，给伙伴们做个表率了。若是他也懈怠，照大家现在的做派，永远也别想离开这个危机四伏的城市。

贝拉心里赌气，闷着头往前走。于是拉奇索性让她领队，自己留在队伍最后面，帮助米琪照看大伙儿。贝拉走在前面，走路时狠狠地蹬地，似乎要把气都撒在脚下。

“谢谢你在后面照应着，没让一只狗掉队。”拉奇对米琪

说，“无论丢了谁，我们都伤不起。”

“别担心，不会有事的。”米琪的嘴里叼着手套，说话时很含糊。他察觉有不妥，于是稍稍调整了一下，好让自己说话清楚些。“你带队带得很好。”

“也就是暂时的，以后可说不准。”拉奇害怕米琪把团队首领的帽子扣在自己的头上，急忙推托。他只想让大家能自立起来，并不愿意将来和他们厮混在一起。“其实，如果你们不随身带着这些长脚的东西，行动起来会更方便。”

米琪点点头，却不把嘴里的手套丢掉：“我明白，可是放不下。我那位长脚小主人……他……”

米琪转头看了一眼拉奇，眼睛里蕴含的悲伤令他心里一颤。拉奇摇了摇头说：“幸好长脚主人把我抛弃得早，不然我的生活也会和你们一样。结果呢，你们的长脚主人终归还是无情。”拉奇知道这话很刺耳，但米琪应该认清现实。

“可他们不是有意的，拉奇。他们实在是别无选择。”

拉奇叹气说：“尽管别无选择，毕竟还是抛弃了。我宁可不要那样的选择。”

米琪同情地瞅着他说：“贝拉把你的事告诉了我，你的主人和我认识的长脚不同。”

拉奇重重地哼了一声。

“我是说真的，大部分长脚都很好。我生病时，主人对我照料得无微不至。他们吃什么，也给我吃什么；每天还带我去公园散步，一起玩耍；到了晚上，我就睡在年龄最小的主人的床上，守护着他，不让他做噩梦。其实我自己也做噩梦，但睡在他的床上就不做，因为我们彼此相互帮助。绝大多数的长脚们都这样，他们是我们的朋友。”

“你过得很舒服啊。”拉奇不服气地说。站在米琪的角度看，那种生活确实很美满——但他们为什么要抛弃米琪呢？

身后的城市只剩下一个模糊的轮廓。尽管抱怨声不绝于耳，但拉奇仍然为大家的行为感到满意。就算再来几只裂地吼，也不用担心被那些冒着火花的怪蛇电死，被掉落的石块砸死了。太阳狗的光很强烈，四周都是蟋蟀的鸣叫声。极目远眺，能够看到前方地面上有几处阴影和几片矮小的树林。拉奇仰起脖子，深吸了口空气。

什么气味？

太好了！他辨出了这股清新的气息，也是他们现在最渴望的东西——水！不刺鼻，不腐臭，清澈的碧水！他的嗓子干得冒烟，水的诱惑太大了，难以抵抗。他欢叫着向前冲去："快来啊，快来啊！前方有一条小河！”

所有的狗似乎立刻被天狗插上了翅膀，爆发出难以想象的速度。拉奇和贝拉并排跑，跑到一个低矮的小土丘上一看——就是那儿，一条清澈的小溪在阳光下闪着碎银似的光芒。

“水质安全吗？”阿尔菲担心地叫道，“有没有毒啊？”

“这水没有毒。”拉奇叫道，“你用鼻子闻闻！很清新。”

“是啊，我都闻到水里游动的鱼啦。”阳光说。拉奇有些吃惊，因为他也闻到鱼的气味了，没想到从小就被豢养的阳

光居然也能识别出来。阳光嗅觉的灵敏程度比他认为的好很多啊……

“来啊。”拉奇欢叫着冲进河水里，朝大家招呼，“瞧！这样才舒服！”

贝拉也跳到他身旁，原先的那点情绪早被抛到九霄云外。河水并不深，刚好淹到她和几只个头较大的狗的肚皮。大家尽情地拍打着水面，洗去毛上的灰尘。阿尔菲的动作很大，泼溅了大家一头水，但没有哪只狗介意。小戴兹和阳光谨小慎微地选择较浅的地方下水，相互舔脸上的水珠，等适应了一会儿，才往深处走去。阳光的胆子渐渐大起来，甚至走到河水没及肩膀的地方，让河水把全身的泥土都冲干净。

“啊，太棒了！比那条毒河棒多了！”

“当心！”拉奇说，“别看河狗送来这么干净的水，她很狡猾的。这条小溪有的地方很深，水流也挺急。”

现在距离城市已经很远，拉奇觉得他们可以停下来稍稍休息一下。痛痛快快洗了个澡之后，他走上河岸，抖掉身上的水珠，让太阳晒干潮湿的毛。

阳光也从水里出来了，正仔细地察看爪子上的伤口。

“伤口快愈合了。”她惊讶地说。

拉奇走过去嗅了嗅，说：“为以防万一，把它彻底舔干净。我的爪子受伤后，我便时常地舔伤口。”

阳光顺从地开始舔她的小伤口。阿尔菲抖掉身上的水，饶有兴趣地在旁观看着。

“真不敢相信，阳光竟然会因为打斗而受伤！”阿尔菲说，“真可惜，错过了一场好戏。”

“你也很好斗。”贝拉提醒他。

“所以我才饿嘛。”阿尔菲坐在强壮的后腿上，摇晃着尾巴，充满期待地瞅着拉奇。

拉奇警觉地避开阿尔菲的目光。其他狗在岸边闹腾够了，也都眼巴巴地看向他，舌头耷拉在嘴边，一副期盼的样子。

“别这样啊……”拉奇心里暗叫不妙，对大家说：“看我干什么？我可没有吃的！”

“知道你没有！”米琪喘着粗气，送给拉奇一个笑脸，“但你会捕猎呀！”

“是啊！”戴兹嚷嚷道，“你是猎手！你能教我们！”

大家异口同声地汪汪叫，对戴兹的话表示赞同。拉奇觉得自己一肚子苦水，只好说：“我……我不是老师！我不知道怎么……”

“你只需要示范给我们看就行！”米琪兴奋地叫道，“我们跟着你的样子学！”

“是呀！”阳光说，“抓个东西让我们瞧瞧！”

拉奇舔了舔嘴巴，有点发愣。他也很饿，虽然他比大家强一些，但其实在捕猎上还是个新手。经过一番心理斗争，他渐渐回过点味儿来——怕什么？反正动作错了这些拴绳狗也看不出来……

于是他深吸了口气，说：“这个嘛，捕猎可不是简单的事

情哟，让我瞧瞧……”拉奇从伙伴们的身上挨个儿看过去，想先找个最有猎手潜质的狗试验一下。米琪，贝拉，还有……“布鲁诺在哪里?”

这时，大家听到小溪里响起的水声，但不是那种欢快的戏水声，而是透露出激烈挣扎的味道。

“布鲁诺!”

众狗立刻冲向水边。戴兹疯狂地叫起来：“我告诉过他那里的水很深！我还说过，他块头太大、身体太沉!”

拉奇踏进激流，感到立足不稳。布鲁诺从小溪中部冒出头，竭力把嘴仰出水面，四爪拼命乱扒。他的眼睛望着大家，流露出哀求的目光；沉入水下后又露出头来大口呼吸。

“布鲁诺!”拉奇喊叫道。他一步步地朝深水走去，激流几乎将他冲倒。他吓得不敢乱动，爪子用力抓着溪底光滑的鹅卵石，眼睁睁看着布鲁诺在绝望中挣扎。如果他和布鲁诺都淹死了，大伙儿怎么办?

啊，河狗，求求你了，别把布鲁诺带走!

就在拉奇向深水中冲去的时候，忽然一个黑影从旁边闪过，跳进水中，溅起一大片水花。

是玛莎!

大伙儿急得汪汪直叫，催玛莎回来，但玛莎从水中冒出头，径直朝布鲁诺游去。湍急的水流迅速将她带向下游，但她毫无惧色，在泛着白沫的水浪中穿行，游到布鲁诺旁边。

正在水中挣扎的布鲁诺并没有发觉玛莎的到来，后颈忽然

布鲁诺!!

哗啦啦

哗 啦

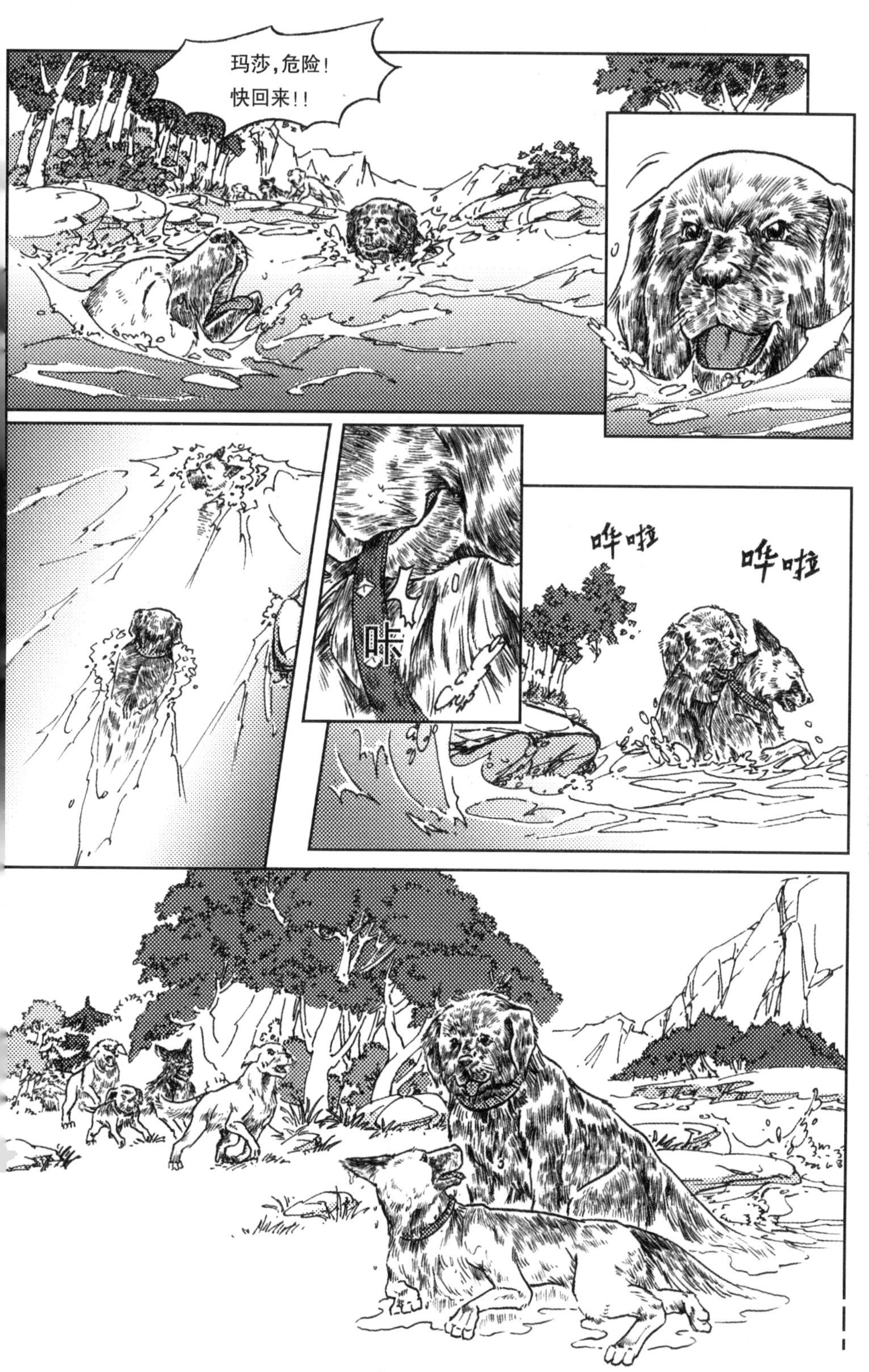
玛莎,危险!
快回来!!
哗啦
哗啦
咔

被玛莎噙住，朝岸边拖去。

尽管布鲁诺大睁着双眼，但体力明显已经消耗殆尽，只是稍稍扭动了一下身子，便瘫软下来，任由玛莎拖拽。玛莎顺着水势，将布鲁诺推到下游的河岸上，这才松开口。

其他狗这时也正沿着岸边赶来。布鲁诺躺在石滩上，不住地咳嗽、打喷嚏。玛莎还好，仅仅有些紧张而已，抖掉毛上的水滴后，立刻关切地把布鲁诺的身体舔干。

“她是一名真正的战士！”拉奇对玛莎的表现赞叹不已。

“玛莎！”贝拉急匆匆跑过来问，“你没事吧？”

“当然没事啦。”玛莎喘着气说，“你快看看布鲁诺有没有事？”

“放心，他很好。”拉奇舔了舔布鲁诺的鼻子，然后惊讶地看着玛莎，说：“你会游泳？你竟然游得那么好。”

“是啊，太棒啦！”戴兹说。其他狗也都张大嘴看着玛莎。

玛莎晃了晃尾巴，耷拉着舌头，低头看自己的爪子。拉奇顺着她的目光看去，眼睛顿时睁大了。就在她的爪趾之间，拉奇居然看到了——

*那是，那是……是脚蹼！*拉奇只知道住在公园里的水鸟长着脚蹼。他吃惊地抬头看向玛莎，发现她并没有觉得什么异常，反倒因为大家的赞扬而有点尴尬。

布鲁诺摇晃着站起来，舔了舔玛莎的胸口，低头致谢。

*嘿，河狗，*拉奇看着河水，心里暗想，*虽然你没有亲自出手相助，但你肯定对玛莎的情况知道得清清楚楚……*

这太好了！玛莎如此熟悉水性，也显然赢得了河狗的认可。既然她能够在水中生存，那么其他狗或许也和大自然有着其他隐秘的联系，只等某个时刻显露出来。

自打离开城市以来，拉奇头一次看到了希望。他终于不用担心自己和这些狗永远被捆绑在一起了，因为终有一天，他们将不再需要他的帮助。无论环境发生了多么重大的改变，他的这个有趣的、临时的团体必定能渡过难关。等到他们能够独立生存的那一天，他将重新获得解脱，得到真正的自由。

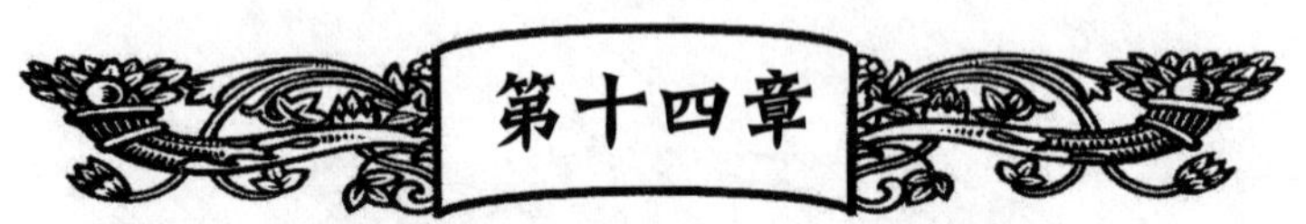

第十四章

呜咽声，持续不断的呜咽声。为什么停不下来？为什么响啊，响啊……？拉奇受不了啦。

是的，他是个懦夫！是的，他应该祈求天狗的原谅。可他能怎么做？他们当然不能指望他牺牲自己。河狗也没想过要他死，那时……布鲁诺——

不！不对……

那呜咽声不是布鲁诺的！那不是溺水时的哭泣。他们根本没在水中！他们被压在了倒塌的牢房下。他无计可施。他和斯维特茫然无助。如果他们回去救那些狗，他们也会没命……

——振作，拉奇！

斯维特！他大海捞针般地寻找着她，四肢奋力地蹬，心脏剧烈地跳。他不顾一切地想要从这呜咽，这垂死的号叫中挣脱……

但就在他的身后还有别的东西追赶着，带着愤怒、仇恨和冷酷，就要追上他了。

不对劲！

拉奇拼命飞奔，肺部因为剧烈呼吸而发痛，肌肉因为酸困

而渐渐不听使唤。他鼓起勇气向后看去。

身后却空荡荡的并无一物，只有黑黢黢的街道和废墟。

忽然，从他的眼角余光处，出现了闪亮的眼睛和牙齿。好多野狗朝他扑了过来。号叫着，怒吼着，几乎要扑在他的身上，张开血盆大口，要将他撕成碎片……是狗潮！

*　　　　*　　　　*

惊惧中，拉奇猛然跳起，脚下一晃，差点儿栽倒在地。他的胸口剧烈起伏，喘着粗气，喉咙干渴欲裂。仇恨的吼叫仍然在脑海里回响，感觉是那样的真实，却又恍若隔世！

这不是记忆——是什么呢？也不像是平常的梦，因为太过真实。

等恐惧如潮水般渐渐退去，身上的颤抖减弱下来后，他朝那些拴绳狗们望去。他们睡在河边的一个浅坑里——因为地面的阻隔，即便有敌人经过也很难发现他们，而且附近也没有可以用来隐蔽的石块或草丛，因此不怕被偷袭。他们睡觉的地方距离小溪不远不近，既没有掉入水中的可能，呼吸声又能被流水声掩盖。

拂晓的晨曦在河面上撒下一把把细碎的珍珠，一条鱼从水面跃出，溅起一圈波纹。一缕阳光刺破橙红色的地平线，射入林间。

拉奇的呼吸逐渐平复下来，他下意识地舔了舔前腿，不由得为自己刚才的惊慌失措感到惭愧。其他狗睡得十分香甜，没

有一个被梦魇侵扰。

*只有我吧，只有我这个傻瓜才会被自己的梦境愚弄。*他越想越觉得羞耻，或许是昨晚没吃饭的缘故吧，昨天太累了，连找吃的的力气都没有。

或许是因为其他狗都带着纪念品——那些长脚主人们的小零碎——所以才没有做噩梦吧。要么，就是他们的狗武士精神缺失的时间太久，所以才没有做噩梦。

说实话，拉奇自己也是在城市里觅食，对于野外生活并没有太多经验，但他并没有丧失狗武士精神。而且，就在这荒郊野外，他感觉到狗武士精神正在渐渐苏醒，在他的肚腹间、骨子里欢呼雀跃，令他时刻保持警觉。

拉奇打了个哆嗦。原先因为玛莎的表现而产生的些许积极想法已经被噩梦消解。

*我怎么能指望他们独立生存呢？*这个念头有些灰暗，但却促使他做出了一个新的决定。裂地吼来的时候，他没能把牢房里的那些狗救出来，但他能够帮助眼前的这些伙伴，他可以教给他们生存的能力。或许心灵狗们就是为了给他指出这一点，才让他梦见被掩埋在废墟下的同类……如果他对贝拉和她的朋友们施以援手，噩梦可能就会停止。

值得一试。他心想，只要能不再看到那可怕的梦境，任何办法都要试试。但就在他想到此处的时候，忽然又觉得自己把事情考虑得过于简单了。

梦里传达出一个信息：他必须照顾这个团队，因为灾难正

在降临。具体什么灾难他说不清，但直觉告诉他肯定会有。梦里传达的信息确定无疑，他必须相信。那个信息预示将有可怕的事情发生，不仅仅对他，是对所有的狗。那是狗潮……

拉奇的耳畔似乎又响起妈妈的声音：“当世界倾覆，毒河流淌的时候……”

望着熟睡中的拴绳狗们，他不寒而栗。如果狗潮真的发生，这些狗能够幸存的只怕不多。他必须帮助他们学会生存，而且要快！

拉奇没有吵醒大家，为什么不让他们享受片刻的安宁呢？但太阳狗很快就爬上来了，光芒照进矮小的灌木丛。他不能再等了，于是他用鼻子挨个儿将伙伴们拱醒。

“醒醒！想当优秀的猎手，第一步就是要早起。”

阳光不满地呜咛了一声，爪子盖住双眼，身体往玛莎的肚子倒下。玛莎不停地舔她，阳光终于清醒过来，嘴里发着牢骚。戴兹醒得很快，一站起来便开始转圈，兴奋得直喘粗气。布鲁诺尝试着伸开四肢，发现昨天尽管浸了水，伤口似乎并没受什么影响。米琪和阿尔菲起来后，身子用力一抖，将睡意抖掉。贝拉则温柔地拱了拱拉奇的鼻子。

“肚子好饿。”阳光抱怨道，可怜兮兮地眨着眼睛。

拉奇冷冰冰地告诉大家：“想吃早饭，就要设法去获取。”

他惊讶地发现大家毫无抵触地接受了这句话，纷纷把长脚主人的东西小心翼翼地藏在石头下或草丛里，然后坚定地离开。当他们爬上河岸的缓坡时，树木开始变得稀疏，显露出了

一条马路。路面上已经长出了杂草，地上满是蜂窝般的地洞。拉奇见了十分高兴，因为这些地洞说明有小动物在地底下活动。

今天的任务是：教会这些从小被长脚宠坏的拴绳狗捕猎。一旦忙活起来，他就能驱散噩梦的阴影。

在大家充满期盼地嗅着四周的微风时，拉奇低声说："听着，不要做出任何激烈的动作。阳光，特别是你，要注意！尽可能避开地洞里小动物的视线——地鼠觉得外界安全了才会爬出来。"

"有道理！"米琪兴冲冲地说。

"保持警觉，注意任何食物的气味——地鼠、兔子、田鼠等都在其中——一旦发现气味，就要努力找出来源。张大你们的鼻孔，就像我这样，看到了吧？"拉奇说着，张开鼻翼，迎风深呼吸。

"行动起来，挺简单的。开始！"

尽管算不上经验丰富的猎手，但他觉得森林狗会帮助他。尽管他特意进行过叮嘱，但阳光行动时仍弄出挺大的动静，每次被小树枝挂到毛时，都要大喊大叫一番。阿尔菲冲在最前，短小的四肢上下翻飞。

米琪、贝拉和布鲁诺则尽其所能贴在地面上，避开枯枝和灌木，积极寻找空气中的线索，却不会隐蔽自己。拉奇心中暗叹，根据他们此时的表现，根本不可能捉到猎物。至于玛莎，就凭她的大块头，想要隐蔽更是天方夜谭。毕竟是第一天，拉

奇也不好说什么。这个团队的成员倒是各具特色，拉奇除了接受没别的选择。

他对捕到猎物已经不抱任何希望，无论是天上的麻雀，地上的兔子还是地下的老鼠，早就被惊跑了。眼前的大地上，没有任何小动物的踪迹，只有风吹过草地时发出的沙沙声。

“我们在浪费时间。”拉奇暗自叹息。于是他又把大家招呼到一起，决定换个策略教教看。

“咱们先从捉虫子开始。”他建议。

“虫子?”就算附近还有猎物，也肯定被阳光的惊叫吓跑了。拉奇深吸了口气，提醒自己说，要冷静，要耐心。

“是的。捉虫子不是为了吃，当然，如果你太饿的话另当别论。”他说。

这句话立刻让阳光闭住了嘴。

“看这里。”拉奇搬开一块石头，露出下面潮湿的泥土。

“玛莎，捉住它!”

玛莎跳上前，伸出巨大的爪子按住想要逃窜的甲虫。她试探着抬起一只爪子，立刻高兴地叫起来。看到那两只甲虫要跑，又赶紧落爪按住。

“竟然有两只呢!”拉奇说，“玛莎，干得漂亮!”

玛莎犹豫地看着大家，问:“你们谁吃?”

戴兹跳上前说:“你敢吃，我就敢!”

一大一小的两只狗各塞了一只甲虫到嘴里，嘎吱嘎吱地咀嚼起来。其他狗都睁大眼睛、竖起耳朵看他们吃虫子的表情。

“味道不坏。”戴兹评价说。

“岂止不坏，真的很好吃啊！”玛莎惊讶地说。

简单的两句评语立刻点燃了这个团队的热情。他们立刻散开，纷纷到石头下和草丛间找虫子。

阿尔菲捉到了一只绿色甲虫，欢呼雀跃。拉奇看见他兴奋的样子，不由得暗暗得意。通过捉虫子，拴绳狗们得到了很好的锻炼，并且还吃到了美味的虫子。不过阳光似乎不大习惯虫子的味道，把捉到的蜘蛛呀甲虫呀往嘴里一塞，苦着脸咽下去，连味道也不敢尝。米琪贴着草皮嗅着，时不时跳起来。

“嘿，布鲁诺。”玛莎看见这只棕色大狗正在咀嚼一只肥蜘蛛，于是打趣说，“你能想到有一天我们居然会干这个？”

布鲁诺咽下嘴里的蜘蛛，笑着说：“的确想不到啊！”

大家一路搜寻，来到了树林边。拉奇嗅了嗅空气，感觉树林中会出现那种不打地洞的猎物，比如松鼠、鸟，运气好的话或许还能找到一窝鸟蛋。照目前的情形来看，大家该进入下一个的练习了。天色渐黑，仅靠吃虫子远远不能填饱肚子。

米琪罕见地没有闹出动静，支支吾吾地说：“拉奇，我一直在想……”

“想什么？”

米琪有点尴尬地说：“我知道你是行家，可……这些兔子跑得太快了。你觉得……我是在想啊……”他低头看着爪子，“假如让布鲁诺和阿尔菲守在树林的另一边，也就是下风处。你和我，还有其他的伙伴从这里出击——故意让猎物嗅到我们

的气味，那会怎么样呢？他们肯定要朝树林的另一边逃，正好撞进……”

“布鲁诺和阿尔菲的手里！”这个主意太天才了！拉奇惊喜不已，“值得一试。走，咱们把你的主意告诉大家。”

有些狗对此持怀疑态度，但布鲁诺和阿尔菲比较积极，绕着树林转了半圈，守在另一边。尽管他们表现得像个菜鸟，但行动起来还算安静。尽管拉奇认为这些拴绳狗都被主人宠得弱不禁风，但他们的确学得很快。三只鸟从林中受惊飞起，一只老鼠溜进一个树洞里，所幸没有在猎物中引起大规模的惊慌。太阳狗跳到了天空最高处，现在，大部分的小猎物也许都被晒得开始打盹了吧。

米琪似乎天生就是猎手。他悄无声息地钻进灌木丛，东嗅西嗅。尽管一只松鼠忽然出现，蹿上一棵松树，但米琪没有浪费时间和体力对它吠叫。而戴兹却被眼前的美味刺激得过于兴奋，把前爪搭在树干上，对着松鼠一阵狂叫。这时，一只兔子突然从草丛里奔出。

米琪和戴兹立刻追上去。拉奇强忍住奔跑的冲动——这次捕猎考验的是拴绳狗，而不是他。他跳上林边一块厚石板上，旁观这场追逐大赛。那只兔子钻进了地洞里，随即，又有一只兔子受惊逃跑——直奔布鲁诺和阿尔菲守候的地方。拉奇心里一阵激动：*这次也许能成！*

贝拉和米琪紧追兔子不放，就连阳光也加入进来。小戴兹兴奋得汪汪直叫，纯属浪费精力——“又来啦！”拉奇心想：

她就不能消停一会儿?

布鲁诺和阿尔菲突然从灌木里扑出，迫使兔子原路折返，这时戴兹已经赶了上去。眼看兔子要从她的爪子之间溜过去，她奋力跳起，两爪向中间一合——抓住了!

兔子拼命挣扎，戴兹知道其他狗在旁边监视着，于是干脆把它放开。果然，兔子刚跑出两步，就被玛莎一巴掌打了过去，死死按住。戴兹也上前咬住兔子的一只后腿。这下兔子彻底无法动弹，布鲁诺趁机抓住它，大口咬下去，结束了它的小生命。

大家喘着粗气，充满喜悦地相互对看。

“我们成功了!”阳光尖叫道。

“戴兹，干得不错啊!”布鲁诺把死兔子丢在地上说。

拉奇把兔子撕成几份。一只兔子的分量根本不够填满所有狗的肚子，但最起码有了个良好的开端，这给拉奇增添了一丝新的希望。米琪的灵感很有效——这个事情进一步证明了拴绳狗们仍保留着生存的本能。狗武士精神正在米琪身上苏醒。如果大家身上的狗武士精神都能够被成功唤醒，他们就有可能成为一个真正的团队——一个自由的、野性的团队!

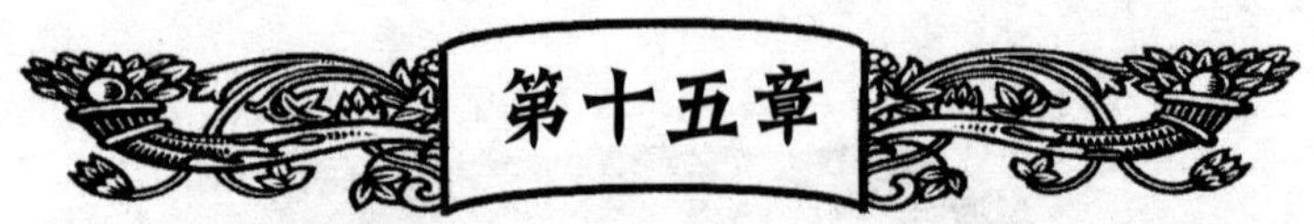

第十五章

昨天夜宿的那个浅坑挺适合做他们的营地，大家睡得都很香，但拉奇觉得，还是要找个能够掩护他们的地方做永久的大本营。

河边土丘下的那一大块草坪就是个不错的选择，既有土丘遮蔽四周的视线，又有灌木可以遮风挡雨。有了兔子和虫子垫底，大伙才勉强压住了饥火，围坐在一起，听流水潺潺，看波光闪耀。

阳光幸福地感叹道："太好了。谁能想到咱们这么快就找到新家了呢！"

"而且距离长脚主人们住的地方不远。"米琪补充说，"当他们回来寻找我们的时候，我们就能立刻返回城市了。"

拉奇忍不住想吼一声，但终究憋在喉咙里。

"别贪图舒服，"他警告说，"我们必须保持警惕。"

阿尔菲嚷嚷说："为什么要离开这儿呢？拉奇，你真聪明，竟然找到这么一块宝地！"

拉奇说："这个地方还不错，只是石头硌得骨头疼。咱们收集一些树叶铺在地上，睡起来会舒服许多。"

大家兴冲冲地跑进树林里，含着满嘴的树叶回来，堆在灌木丛下。贝拉和玛莎将树叶铺开，做了一张大软垫，以便大家睡觉时能够挤在一起。

干完活，贝拉满意地欣赏自己的工作成果。这时阳光瘫倒在地，大口喘着粗气说："野狗真不好当啊！"

贝拉舔了舔她的耳朵，说："这只是开始。"

"对，"拉奇同意说，"我们还需要组织起来。大家各自有各自的天赋，应该加以利用。"

"我可没什么天赋。"阳光垂头丧气地说。

"你还没发现而已。"拉奇认真地说，"你的眼睛和鼻子都很敏锐，用来巡逻最好。你和戴兹可以负责这方面的事情！"

戴兹兴奋地叫起来："好啊，拉奇！保证完成任务！"

"你觉得我能行？"阳光将信将疑地说，"好吧，拉奇！我会尽力的，而且我能够找到更多的树叶……"

拉奇忍不住微笑着说："树叶足够多啦，不过你可以顺便找找其他能用得着的东西。阿尔菲也去。米琪，你就负责找吃的吧。"

"拉奇说得没错，"贝拉说，"米琪是个好猎手。我们两个一起去找。"

米琪得意地叫了两声，不过嘴巴却咬着手套不肯松开。

"布鲁诺和玛莎负责营地安全，好吗？"贝拉征询拉奇的意见。

"很好！玛莎，你要特别留意小溪边可能出现的异常情况。"

大家围成半圆，将拉奇拥在中间。拉奇看着大家尊敬的目光，知道自己已经赢得了伙伴们的信任。于是，他充满激情地跺了一下脚，说："开始行动吧！"

他带领阳光、戴兹和阿尔菲迈出营地。

阿尔菲建议说："我们可以回发现长脚的那个地方查看一下。你说呢，拉奇？"

戴兹的身体紧张地颤了一下。拉奇拱了下他的头，以示安慰，然后说："不用直接回去，但是可以到那儿周围转转。我不想再次碰见那些穿黄皮的长脚，不过他们离开后或许会留下些咱们能用得上的东西。"

"好主意！"阿尔菲欢叫着，冲在最前面。

按照拉奇的本意，当然是远离城市，可是住在城市周边也有好处。没走多久，他们便看见一座小木屋。小木屋坐落在一个小树林边上。

拉奇仔细地嗅了嗅空气，没有发现新鲜的气味，于是问："阳光，你能帮个忙吗？"阳光将嘴里的黄色皮带放在地上，和拉奇一起贴着地面嗅。嗅了老半天，也没嗅出什么名堂来。拉奇小声说："咱们到四周看看。"

他们绕着一个破烂的铁丝栅栏开始查找。木屋边有一个破烂的小屋，如醉汉般斜靠在木屋上。拉奇把爪子搭在小屋的木门上轻轻一推，嘎吱一声，木门朝内轰然倒去。

四只狗紧张地嗅着小屋内的空气。屋内有股刺鼻的气味，拉奇知道那种气味是由一种液体散发出来的，当怪叫笼跑不动

时，长脚就会给它灌这种液体，一灌就好。不过，小屋里的这个怪叫笼安静地睡着。怪叫笼锈迹斑斑，四个轮胎都瘪了。头部两个大大的圆眼睛也没有发亮，其中一个甚至碎了。

“这个怪叫笼已经很久没有用过了。”戴兹为自己的博闻多见有些沾沾自喜。

拉奇迟疑地说：“我想它不再会叫……”

“当然不会叫啦。”阳光说，“它死啦。”

哼，这些狗对于长脚的玩意儿倒是比我清楚……拉奇推了推门，没有推开。

阿尔菲冲着门把手叫了一声，说：“拉奇，那个东西插着呢，把它朝上搬！”

拉奇用力搬了一下门把手。戴兹听见咔嚓一声，连忙咬住门边缘，把门拉开。

拉奇佩服地说：“戴兹，干得漂亮！”

戴兹高兴地摇着棕色尾巴，说：“进去瞧瞧！”

怪叫笼里散发着一股陈腐味，包裹在座位上的皮革已经发霉。拉奇皱了皱鼻子。阿尔菲却不管那么多，直接挤进去，用牙齿去撕皮革。

看来怪叫笼真的死了，拉奇心想，否则此时它肯定会痛得惨叫起来！

想到这里，拉奇也上去和阿尔菲一起咬皮革。刺——刺——刺，皮革被一条条地从座位上撕扯下来。拉奇说：“这个东西不能吃呀。”

阿尔菲淘气地说："我吃过，而且吃过很多次。味道不是很好，但吃起来感觉很有趣。"

阳光也咯咯笑说："每次我嚼长脚主人的皮革时，她都很恼火！"

"我敢说她没有打你。"戴兹说。

"当然没有，"阳光得意地说，"她从来舍不得打我，不过却罚我不许在睡前吃夜宵。就算如此，我也觉得值。"

戴兹告诉拉奇："躺在这东西上面，简直舒服得要命。"

拉奇竖起耳朵，尾巴晃着，更加卖力地从座位上撕皮革。

"座位背面还有一层。"阳光提醒说。她把爪子搭在座位背面，兴奋地喘着粗气说："虽然看起来不干净，但用的时候却很舒服。"

当他们离开怪叫笼的时候，每只狗的嘴里都叼着一大卷皮革。要把这么多皮革带回营地是很辛苦的事，但就连阳光都没有抱怨半个字。回到营地后，在大家崇拜的目光下，几个小不点儿更是昂首阔步，得意非凡。

"戴兹！"贝拉惊喜地叫道，"你们几个从哪里找到的？"

戴兹和阳光花了好长时间才把这次简短的经历详细地讲述完，兴奋得都快喘不上来气了。拉奇和阿尔菲则把这些柔软的皮革拖到灌木丛里，一张张地铺在树叶垫子上。看见戴兹等小狗的兴奋模样，拉奇非常理解。*他们这是在为自己的狗武士精神而自豪。*

贝拉看着他们的新床铺，高兴地对拉奇说："我们的运气

也不错。米琪找到了一只松鼠，我们还抓到了一只兔子！”

“太棒了！”拉奇舔了舔妹妹的鼻子，问，“给我们剩了点没?”

“我们还没吃哪。”贝拉佯怒道，“听你的口气，好像我们见了吃的都不等你们似的！”

哼，那是因为你们没有真正挨过饿……拉奇虽然心里这么想，嘴里却说：“贝拉，谢谢你！这才像个团队嘛。”

“还有一件事。”贝拉说，“我带你看看玛莎找到了什么。”

说完，她带着拉奇朝小溪走去。玛莎和米琪正兴高采烈地在一块大石头下扒拉。贝拉和拉奇站在溪水里观看。

“瞧！”玛莎喘着粗气，对拉奇说，“这个地方棒不棒?”

拉奇打量着这块顶端平坦的大石头，知道玛莎和米琪并不是想把石头挖走，而是要把石头下的枯枝扒开，这样就露出了一个洞穴。洞穴的入口恰好被淹没在水面下。玛莎充满期待地看着拉奇，告诉他：“我们能把多余的食物放在里面。溪水很凉，把食物放进去不会腐败。就好像长脚的冰箱一样！”

拉奇赞叹说：“玛莎，这个主意太好了！”

贝拉赞同地说：“这都是玛莎和米琪想出来的点子。”拴绳狗们的表现让她感觉自己很有面子。至于拉奇，虽然他怀疑在食物缺乏的当下这个冷藏洞能否用得上，但不得不承认自己想不出这种奇妙的主意。

贝拉仿佛看穿了他的想法，说：“我觉得咱们应该尽可能地节省食物，然后存在这里。尽管有点困难，但万一将来哪天

找不到吃的，也能保证我们生存。”

“有远见。”拉奇赞同说，“现在大家都饿了，一起去分享米琪和贝拉的收获吧。”

在大家期待的目光中，米琪和贝拉将兔子和松鼠分开，每只狗都有一份。拉奇仰头向天，背上的狗毛竖立起来。天空灰蒙蒙的，仿佛在酝酿着什么事情。拉奇正要催促大家快点吃掉口粮，忽然转念一想，不好意思地说：“我很久都没有和地狗一同分享食物了。最近日子不好过，连生存都成问题，很难匀出哪怕一片食物。没有她的保佑，我撑不过来。所以我必须给她贡献点猎物。”

“可——”布鲁诺刚要反对，便看见玛莎朝他使眼色。

拉奇在地上刨出一个小坑，叼起一支兔子腿丢了进去，闭上眼睛向地狗默默祈祷了一会儿，然后把土填进坑里。

做完这一切，他抬起头，对旁观的伙伴们说：“现在可以吃了！”

其他狗听到这句话，才松了口气，伸出舌头去舔自己的食物。除了每只狗一份食物之外，还余下两块大腿肉。

“把这些肉放进冰箱里。说不定明天能用上。”米琪说。

“没错。”拉奇正在吃鲜嫩的肋肉，虽然对米琪这种存余粮的态度很欣赏，但他听不得米琪使用的词。他不满地说：“咱们能不能别用冰箱这个词，叫‘水窖’好不好？”

贝拉觉得好笑，舔了舔哥哥的耳朵，说：“这个嘛，虽然不知道你为什么要换个词，但‘水窖’听起来更顺耳，更……

更具有狗味。”

拉奇放松下来，忽然觉得有水滴掉在耳朵上，正要摇头抖掉，又有两滴水掉在头上和另一只耳朵上。

“要下雨了——”

大家都抬起头来，这时天上隐隐传来天狗的雷鸣。雨点陡然密集，打在他们的身上。阳光急忙躲进玛莎的肚子底下。

“千万别打雷啊！”她吓得哭起来。

拉奇说：“天狗又打起来了。咱们正好进营地避雨。”

于是大家爬进灌木丛下的睡铺上，围聚在一起相互取暖。所有狗都把长脚主人的纪念品放在身边。拉奇能够感觉到靠在自己身上的阳光瑟瑟发抖，因为贝拉的头搁在他的肩膀上，所以也能够感受到妹妹传来的体温。这种亲密和温暖，让拉奇恍然以为回到了小时候，但这次不再有任何不安。如今，就连那段回忆也变得温馨了许多。

暴雨骤至，天空乌云密布，电闪雷鸣。

拉奇说：“是不是又要有事情发生啊？”他的声音很小，几乎是自言自语。

“千万不要啊。”阳光恐惧地说。拉奇不想吓唬她，决定讲个故事来分散她的注意力。小阳光马上朝外挤了挤，因为她在听故事的时候还要瞅着拉奇的脸。

“天狗派出闪电去挑衅地狗，但太阳狗很不高兴，一怒之下把天狗和闪电都撵跑了。你看，阳光又出现了，叶子上的水珠闪闪发光。”

拉奇小心翼翼地走到灌木丛边，伸出鼻子嗅了嗅空气。空气中仍旧残留着战火的味道，但天空却开始明亮起来。

“这是天狗洒下的净水哟！”

说着，他跳到空地上，在雨水形成的小池塘里欢蹦乱跳。布鲁诺和米琪跟着他，一边打滚儿一边快乐地汪汪叫。

其余的狗也纷纷加入戏耍，一池清水很快便混浊不堪，他们身上沾满泥巴。阳光第一个从水池中逃了出去，走到溪水里洗去泥污，露出一身的白毛。其他狗也都跳到小溪里洗澡，有过溺水教训的布鲁诺仍旧有些怕水，因此玛莎寸步不离地守在他身边。大家洗完了澡，从水里爬上岸，将身上的水抖干，飞溅的水滴在阳光下晶莹剔透。

拉奇跳上岸边的那块石台，看着米琪在干燥的沙滩上惬意地打滚。太阳狗的光芒和煦地照在他的肚皮上，贝拉和其他狗也都过来一起打滚儿。只有玛莎站在溪水里，享受流水在腿间冲刷的快乐。

阳光说得没错，拉奇心想，这里的确是一块宝地。

他仔细地舔着爪子，或许，不久之后他就可以恢复自由的生活了吧，不过现在他还不能离开。虽然这些狗的武士精神正在苏醒，但他们还有很长的一段路要走。如果有一天，他们能够照顾好自己，能够捕猎、生存、自力更生，那将是他离开的时候。

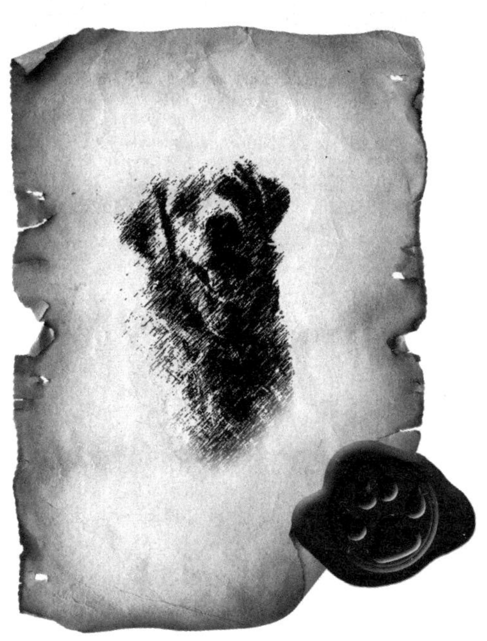

第十六章

“看！看我抓到了什么！”

拉奇睁开眼睛，耳朵竖立起来。这几天他已经习惯这样醒来。晒着温暖的阳光，听着蜜蜂的嗡鸣，拉奇舒服得都不想动弹了。但戴兹特别喜欢在他面前表现，这不，这一次她也不知道捉到了什么，赶紧把拉奇叫起来看。估计又是虫子吧？拉奇觉得面对虫子这种猎物，要想假装出一副惊喜赞叹的样子简直是一种折磨，但他喜欢戴兹，不想打击她的积极性。于是他只好拖着沉重的脚步，装着很热切的样子迎向走来的戴兹。

戴兹把猎物放在拉奇面前。唔，这次的收获还不错，不是甲虫。

“一只鼹鼠？太棒啦！”拉奇钦佩地舔着她的鼻子，仔细地去嗅这个精致的猎物。鼹鼠是打洞高手，这种毛茸茸的小东西动作敏捷，特别难抓。就连拉奇，在他整个捕猎生涯里，也仅仅抓到过两只而已！

看见贝拉、布鲁诺、阿尔菲和玛莎都围过来欣赏自己的杰作，戴兹意气风发，尾巴欢快地摇晃着。

“戴兹，你太能干了！”贝拉说，“我还从来没抓到过鼹鼠呢！”

拉奇会意地瞅了妹妹一眼。她知道对于戴兹这种好学的小不点儿来说，鼓励相当重要。拉奇心想：妹妹体察入微、善解人意，即使没有他，也能够成为一名优秀的首领。

看着这一群狗越来越向有组织的团队方向靠拢，拉奇对他们的野外生存能力更增添了信心。前几天，他故意退居幕后，让米琪历练领导能力。在米琪的管理和他的监督下，所有拴绳狗的捕猎能力都得到了提高。大家分工协作的结果，是多抓了几只兔子，甚至还捉到了一只松鼠。除了这些猎物之外，加上虫子、蚯蚓，还有一只鹿的尸体，大家凑合能填饱肚子。那是只老鹿，大概是死于虚弱和精力枯竭。就连阳光也越来越喜欢生肉的味道，相信不久以后大家都能够适应野外生活了。

但是，那场噩梦仍然时常萦绕在拉奇的心里。这些拴绳狗们是否像他一样做好了迎战灾难的准备呢？

拉奇看着戴兹用牙齿将鼹鼠撕碎，心中有些得意：刚离开城市的时候，她可不会干这个！

每只狗分到的肉仅够塞牙缝，但戴兹却把最大的一块肉推到拉奇的面前。

“拉奇，要不是你，我们真不知道该怎么生活。你看，我现在都能捕猎啦！”

“你肯定能成为一名优秀的猎手。”贝拉郑重地说，“这次是鼹鼠，下次就能捉到兔子。”

“是呀！”戴兹激动地叫着，急不可待地就要往外跑，想去捉一只兔子回来。这时，忽然一连串的吠叫声打断了大家的

讨论。

他们抬头朝声音的源头望去，脖颈上的狗毛竖立，耳朵向前探。拉奇一下子便认出了叫声："是阳光！"

话音刚落，便看见阳光从树林里奔出，在众狗面前来了个急刹车。她大口喘着气，一脸惊恐地说："米琪——米琪被困住了！"

"别慌，阳光！"贝拉呵斥道，"你说什么，被什么困住了？"

"他的项圈——你们快跟我去。他快咽气啦！"

拉奇首先冲向树林，其余的狗跟在后面。他们在阳光的指引下，穿过一片狭小的林中空地，钻进荆棘交错的灌木丛里。

"在这里！他在这里！"阳光扒住一团荆棘说。

只见米琪的鼻子从树叶中伸出，遮在树影里的两眼充满恐惧，舌头从嘴边掉了出来，张大了口往肺里吸气。

"别乱动，米琪！"拉奇连忙说。他试着移开长满尖刺的荆条。其他狗站在他身后，大家没有惊慌失措，乱哄哄地一拥而上，而是冷静地给米琪和拉奇留出一个空间。只不过，在拉奇营救米琪的时候，大家还是忍不住七嘴八舌地出主意。

"拉奇，把他往外拖！"

"咬断荆条！"

阳光十分紧张，爪子在地上不停地抓。"噢，拉奇，求你救救他吧。他是因为教我捕猎才被缠住的。我太笨，而他是那么优秀……"

“阳光，闭嘴，我在努力啊。贝拉！”

贝拉立即跳到他身边，问：“拉奇，需要我做什么？”

拉奇的脑子急速转动。假如不去掉项圈，米琪很快就会窒息而死。他被荆棘死死困住，看样子难以向前移动，但如果……

“贝拉，你的脑袋比我小，能伸进去咬住他的项圈吗？”

贝拉挤进灌木丛里，忍着鼻子和耳朵的刺痛，小心翼翼地咬住米琪的项圈。

“咬住别动！就这样——米琪，你必须往后退。”

米琪恐惧地看着拉奇，喘着粗气问：“往后退？那样岂不是陷得更深？”

“是的。往后退。相信我！”

米琪不需要被第二次叮嘱。拉奇希望他能够理解自己的意思。

米琪用前爪紧紧抓住地面，挣扎着朝后退，荆刺深深扎进他的肉里，痛得他直打哆嗦，但缠裹的荆条却渐渐松动了。不管米琪怎样挣扎，贝拉始终牢牢咬住他的项圈，前爪使劲扎在松软的沙地里。

“对啦，就这样！很好。”拉奇叫道，“米琪，再往后退一点。转过头——贝拉，用力扯！”

米琪猛地深陷在荆棘丛里，被刺扎得惨叫连连。但项圈脱出来了，空荡荡的挂在贝拉的嘴里。没有项圈的束缚，接下来的事情就好办了。在大家的帮助下，米琪很快就从荆棘丛里解

拉奇，求求你
救救他吧！

请别伤害他！
砰
看到项圈会让你们
多脆弱了吧？

脱出来。

阳光急忙上去舔米琪的嘴巴。“米琪，你没事啦！太谢谢你了，拉奇。我就知道你能救他！”

“这都是米琪和贝拉的功劳。”拉奇谦虚地说，“米琪，你受伤了吗？”

米琪坐直身子，使劲把身上的荆刺和树叶抖掉。

“只有轻微的擦伤。拉奇，对不起，我太笨了。”

“谁都可能碰上这种事情。”拉奇安慰他。

“戴着项圈，确实给我们增加了很多麻烦。”他又干巴巴地加了一句。

“我的项圈！”米琪这才发觉脖子上的项圈不见了。他左右张望，看见了贝拉嘴上叼的棕色项圈。他满怀感激地上前去舔她的鼻子，开心地说：“还好没弄断！”

布鲁诺走过来，咬住项圈的另一端，和贝拉一起将项圈伸展开。米琪将鼻子伸进圈套，想要重新戴上项圈。

拉奇不敢相信眼前看到的这一幕，连忙制止说：“你们要干什么？”

布鲁诺惊讶地瞅了他一眼，说：“当然是帮他啦。”

“帮他干什么？”拉奇困惑地说，“帮他把项圈戴回去？”

“当然啦。”米琪紧张地问，“这是我的项圈，为什么不能戴？”

“刚才就因为它你差点儿没命！”拉奇怒不可遏，“如果我们没有及时赶来，你就被勒死啦！”

“但你们赶来了呀。”米琪理直气壮地说。

拉奇气得大叫：“你们都该把项圈扔掉！它们会困住你们，让你们窒息。如果哪天和其他狗打起架来——哼，一点胜算都没有。”

“你说得不对！”布鲁诺反驳说，“没有胜算？我的身体里流淌着战斗的血液！就算戴着项圈也输不了！”

“布鲁诺说得对。”阳光和其他狗也附和说。

拉奇怒气上冲，身上的毛竖立起来。这些狗快要把他气疯了——前一分钟，大家还能表现出为生存而拼搏的潜质；可现在，他们却又像狗宝宝，对长脚加在身上的束缚恋恋不舍。

“既然你不服气，我就证明给你看！”拉奇吼叫着，朝布鲁诺扑过去。布鲁诺猝不及防，吓得直往后躲。拉奇一下子咬住了他脖子上的项圈，布鲁诺想站稳身体，但根本办不到。拉奇咬着他的项圈，用力一甩头，布鲁诺就飞了出去。尽管他身体高大，但拉奇抓住了他的弱点，这才能将他甩出去。

其他狗都惊恐地叫起来，布鲁诺想要反击，却无法挣脱，结果活像一只受困的大松鼠一般被拉奇甩来甩去。

“拉奇，求求你放了他吧！”戴兹喊的声音最大，“请别伤害他！”

拉奇松开口，把布鲁诺抛在地上，大口喘着粗气，一只爪子还按着布鲁诺的胸口。布鲁诺恼羞成怒，在地上翻滚着，怒吼着，摇摇晃晃地站起来，从头到脚猛力地抖身体。拉奇目不转睛地看着他。在拉奇的逼视下，布鲁诺渐渐垂下目光。

拉奇将目光从布鲁诺身上移开，问大家："你们都看到了吧？"他心里感到一阵阵愧疚：刚才大家的固执让他非常生气，结果就把怒火撒在了布鲁诺头上。

不过大家必须要学习这一课，而他是这个团队的唯一教练。"看到项圈会让你们多脆弱了吧？如果是公平战斗，布鲁诺肯定能赢我，"他瞥了眼布鲁诺，接着说道，"就因为他戴着项圈，所以才被我击败。相信我，你们应该把项圈摘掉。"

大伙面面相觑，最后还是小戴兹鼓起勇气回答说："拉奇，我明白你的意思，我们都明白。可我不能摘掉项圈，绝不。除此之外你让我做什么都行，但别让我摘掉它。这个项圈代表着我和长脚之间的联系，代表着我属于长脚，受到长脚的关爱和照顾。这对我们非常重要。"

拉奇瞪着她，好长时间没有反应过来。

"可是，戴兹，"他说，"你们的长脚主人已经离开了呀。"

戴兹小声啜泣起来。

"我不管长脚主人们在不在，"米琪语气坚定地看着拉奇说，"我会找到他们的。如果我必须学习战斗，我会好好儿学的。但是我仍要戴上项圈。我决不放弃主人！"

拉奇意识到自己在浪费感情。他转头往营地走，不想看阳光和玛莎给米琪套上项圈的情景。

他一路走着，听到身后有脚步声，一转头，迎上贝拉恳求的目光。

"拉奇，你一定要理解我们。项圈对我们真的很重要。它

是我们生命的一部分。”

拉奇很想说项圈不是生命的一部分，仅是生活习惯而已，但他不想和妹妹争吵，于是保持沉默。

远处传来的一声尖叫让他猛然一惊。是阿尔菲！拉奇立刻加快速度，不过他随后便松了口气，因为尖叫的内容显示阿尔菲并没有发生危险——他只是掉队而已。

“贝拉，拉奇，布鲁诺！你们在哪儿啊？”

拉奇和贝拉刚迈进营地，就听见身后响起一片枯枝断裂和石子滚动的嘈杂声，显然大家也跟来了。拉奇叹了口气，大家一遇到情况，就把捕猎技巧全都忘记了。

阿尔菲看见伙伴们从树林中出现，立刻兴高采烈地迎过去。大家受他情绪影响，渐渐从刚才的沉闷气氛中走了出来。拉奇心想：团队的每个成员都有着各自的作用。有了阿尔菲，团队总是充满了轻松快乐的气氛。

“你们在这里呀！我还以为你们把我遗忘了呢！”

“哎呀，刚才好像真的忘了耶。”贝拉打趣说，“你外出捕猎有什么收获吗？”

“没有。”阿尔菲的耳朵顿时耷拉下来。但也仅是沮丧了一小会儿，随后便欢跳起来，说，“可是我发现别的东西了！”

“什么东西？”玛莎感兴趣地问。

“快说！”戴兹也叫着，明显想转移大家的注意力。

阿尔菲坐在地上，用爪子挠耳朵。拉奇知道他想在讲故事前先卖个关子。“我走了老远的路。没有别的狗陪伴。有时候

我喜欢孤单。”他瞅了眼拉奇，似乎像获得某种认同，“我到一个小山谷里察看，就在那儿——那群小山中间。我甚至爬到了山对面！”

拉奇听了十分惊讶。草地延伸下去就是山谷，倒也颇为宽敞，但那几座山却很陡峭。他曾在夜里巡逻的时候到那边探查过一番，但也没有爬到山对面，没想到这只不起眼的小狗居然走了那么远的路。

“阿尔菲，万一发生危险可怎么办？”拉奇轻声呵责道，“你发现了什么？”

“狗！”阿尔菲得意扬扬地说，“好多好多的狗！”

其他狗都激动地叫了起来，戴兹又开始转圈圈，一边喊道：“阿尔菲，他们长什么样子？看起来友好吗？他们会帮助我们吗？”

“我不知道。我只是远远听到他们的叫声！而且还嗅到了他们的气味——不仅是狗的气味，还有别的！”

拉奇感到有些不安，但伙伴们却欢欣鼓舞。

“什么东西呀？”阳光问。

阿尔菲两眼放光：“食物，大量的食物！”

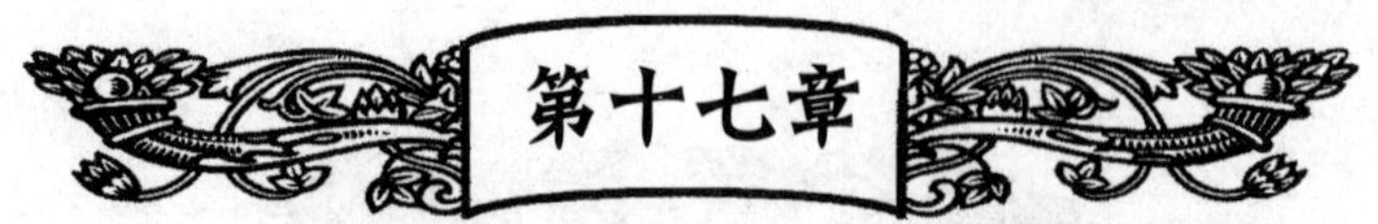

第十七章

“咱们快过去吧，”阳光迫不及待地说，“去和他们交个朋友！”

“好主意！”米琪也说。

拉奇见大家这么急切，不由得深吸了口气。他不忍心打击大家的兴致，但觉得有些问题非问清楚不可。

“阿尔菲，那些狗是什么品种？”

“我不知道。反正就是狗嘛！和我们一样！但他们是有食物的狗！”

“并不是所有的狗都和我们一样。如果他们怀有敌意怎么办？如果他们是野狗群怎么办？野狗的领地意识都很强。千万别和野狗群打交道——而且他们也不会和你分享食物。”

阳光怅然若失，但布鲁诺插言说：“去看看总不会有什么害处吧。”

“害处可能很大。”拉奇怒吼道，“我不想让大家冒风险。对不起，听阿尔菲的叙述，那群野狗来者不善。”

“好啦，拉奇，”贝拉温柔地说，“你认为所有的事都很危险！你是一个优秀的首领，但是疑心病太重。”

“如果能吃到食物，就不能只是眼巴巴地看着。”布鲁诺说，“说不定咱们不用再这么辛苦捕猎了呢！”

拉奇知道布鲁诺仍然有些愤愤不平。他叹了口气，坚持说：“我们对那群狗一无所知啊。”

“不看看怎么知道。”玛莎说。

“我同意。”布鲁诺附和道。

“如果他们比我们还要弱小，”贝拉不服气地瞅了拉奇一眼，“那就更不是问题啦。”

“贝拉说得对。”米琪也插嘴说，“为什么连看一眼都不去呢？”

“总比捉甲虫简单吧。”阳光坐在地上，尾巴尖轻轻拍打地面，闷闷不乐地说。

“怎么忽然又和甲虫扯上关系了？”拉奇几乎要崩溃了。他本来正好抓到了一只在草秆上攀爬的甲虫，听到阳光的话，立刻就没了胃口。他不喜欢贝拉的眼神：看她那跃跃欲试的样子，仿佛唯恐天下不乱。一只松鼠站在树枝上冲他们愤怒地唧唧叫，但贝拉甚至连耳朵都不曾动一下，只是侧着头看拉奇。

“要不这样吧，”贝拉建议说，“大家分两拨行动，一支队伍去侦察情况，另一支留下来做预备队，同时负责守护营地。去的狗少一些，也能避免引起对方注意。我提议，戴兹、阿尔菲、拉奇和我前去察看。”

拉奇看着大家期待的目光，心里总觉得不怎么踏实。但他知道，将来某一天他离去后，这些狗终究要自己做决定——而

他必须信任他们的决定。想到这里，他说："好吧。不过一旦发现情况不妙，咱们扭头就走！留守的狗决不能擅自离开营地。"

不管发生什么事情，他都要做好准备。

阿尔菲高兴地在前面引路。他在灌木丛中找到一条被小动物们踩踏出来的小路，一直通向山顶的斜坡。当他们从树丛里钻出来时，太阳狗已经爬到了天空的西边。四只狗气喘吁吁地爬上山脊。

拉奇说："我们歇息一下。"

可阿尔菲兴致不减，上气不接下气地说："这还没走多远呢。"

"不会休息太长时间的，"贝拉晃着尾巴说，"我说休息好了的时候，咱们立即上路。"

她故意提高嗓门儿，好让拉奇听见。拉奇懒洋洋地趴在地上，知道贝拉在向他暗示，她才是团队的首领。

当就当吧！反正跟我没什么关系！

拉奇跟着阿尔菲走在一条蜿蜒小径上，心里忐忑不安。野狗群面对突如其来的拴绳狗们，会如何反应？他们会被撵得夹起尾巴逃窜吗？一旦双方起冲突，贝拉的领导能力靠得住吗？

忽然阿尔菲尖叫起来："就在那里，注意！"

拉奇停下脚步，嗅了嗅空气，一脸的疑虑。嗯，是狗的气味，而且数目不少。这股气味给人一种阴郁的感觉，其中潜藏着狂躁的气息。大家躲在一棵灌木下，朝山下望去。

山谷内颇为宽阔，坐落着几栋长脚的建筑，但这些建筑和

拉奇在城市里见到的那些住宅并不相同。这些房子非常低矮，大门的尺寸像是专门为狗的进出而设计。窗户上安装的不是净亮石，而是铁栅栏。尽管这些房屋破坏得不如城市里厉害，但墙上也出现了不少裂纹。

整个场景透露出诡异的气氛，让拉奇不寒而栗。如果不是食物香味的诱惑，只怕他早就掉头逃走了。

食物的气味很浓，闻起来和城里食物房里长脚们喂给他的并不一样，但毫无疑问是某种肉。拉奇顿时垂涎欲滴，胃里咕噜噜作响。目前，山谷内还没有出现异常的动静。

他明明嗅到狗的气味，可他们在哪里？拉奇的心跳开始加速。从谨慎角度考虑，他不能冒险。可是，偏偏他的胃口在不停地对他进行劝诱。说不定那些狗，那些拥有食物的狗很友善呢？……或许贝拉说得对，那些狗愿意和他们分享食物呢。为了填饱肚子，值得一试啊。

“好吧，”拉奇缓缓说道，“咱们再往前走走。大家聚在一起，不许单独行动。咱们先去弄清楚住在山谷里的都是些什么狗再说。”

四只狗向前匍匐了一段距离，然后开始往山下冲。他们奔到铁丝网前，眼睛朝里面看去。贝拉把爪子搭在铁丝上，震惊地说：“看，快看那些食物！”

只见那些小屋前摆放了许多口铁锅，有的锅里只有浅浅的一层水，有的里面则盛满了干肉块。拉奇的嘴角不住地滴口水。那些干肉不像是兔子肉，但闻起来很香。而且，好多好多

的肉啊……

“我想这是……”阿尔菲迟疑地说，“这气味像是……”

“像是我们的家常饭。”贝拉说，“长脚主人给我们吃的饭就是这个气味。”

“噢……”戴兹饥肠辘辘地大口吸气，“真想再尝尝那种味道……”

就在这四只狗幻想美食的时候，忽然听到很响的“咔嗒”一声。他们吓得正要掉头逃跑，却发现并没有狗或长脚出现，反而有更多的肉块从墙壁上的窗口滚进铁锅内，然后便见清水注进每一口锅里。

这一幕对贝拉的诱惑简直太大了。她急得直跳，把鼻子伸进铁丝网用力地嗅着，一边呜咛一边用爪子扒铁丝网。

“太神奇了！竟然凭空冒出食物！一定要吃到！”

拉奇竖起头，看着贝拉、戴兹和阿尔菲心急火燎的样子，心想：目前看来没有什么异常。

可是，他内心为什么却总是感到不安呢？

“快看！”阿尔菲叫道，“我找到了一个洞！”

大家急忙赶过去，只有拉奇保持冷静，时刻注意着周围的动静。

他能够嗅到狗的气味，他们的食物也近在眼前。但那些狗去哪里了呢？

他越来越感到紧张，反而向后退了一步。这些拴绳狗们本来依靠捕猎也能吃饱，何必要冒险吃那锅里的肉呢？

“拉奇，过来看！”戴兹喊道，“我能挖得更深些。你瞧好啦——我能从铁丝网下穿过去！”

“别急，”拉奇摇了摇头，“我总感觉不对劲。难道你们没有察觉吗？我们应该及早离开这里。你们现在已经学会了捕猎的技巧——我们不需要别人的施舍。”

“别傻啦。”贝拉生气地说，“放着眼前好好的食物不吃，为什么还要费力去捕猎呢？”

拉奇盯着那些在傍晚余晖中反光的锅，说：“这就是问题所在。难道你们看不出这里的食物很丰富吗？这里的锅这么大，可想而知，住在附近的狗必定体格巨大。你能打得过他们吗？到目前为止，他们还都没有露面，原因何在？藏起来了吗？”

戴兹有些犹豫，但贝拉却吼道：“我们能够照顾好自己。”

拉奇哀叹了一声。这个地方他一分钟都不想逗留。他不该带伙伴们来这里。那种危险的预感让他坐立不安，在裂地吼事件发生之前他也有类似的感觉，此刻甚至犹有过之。看着眼前的情景，他的脑海里忽然闪过噩梦中的景象：狗潮……

他们必须尽快离开。

“求求你，贝拉！”他开口刚欲说话，贝拉已经跳到铁丝网旁的一个小土丘上，暴怒地吼道：“够啦！拉奇，我才是这个团队的首领！是我把你引入团队的。虽然你很聪明，但在这儿我说了算。现在我下令，进去！”

拉奇也发火了：“别像个被宠坏的小狗！你根本不知道一

名首领肩负的责任！”

“哈，难道你知道？”贝拉怒气冲冲地绕着拉奇转圈，“在没遇到你之前，我们过得好好的。是你喜欢炫耀显摆，总装出一副无所不知的样子！”

“我就是比你知道的多，拴绳狗！”拉奇回击说，“你压根不知道什么叫存活！你们一个个不仅软弱，简直不可理喻。没有——没有狗武士精神！”他刚说完这句极为伤害的话，便立刻后悔了。不过此时他正怒气上涌，根本顾不得许多，只觉得自己为妹妹牺牲了这么多，却得不到她的理解。

同时，他心里还有另外一种情绪，那就是渗透在每次呼吸中的恐惧。大家之所以尊重他，是因为他能认清形势，并且能教会他们生存的技巧。不管他拉奇本事有多大，都没用。他知道，失去了挑战精神的狗最后都不会有什么好下场，他以前见过。就好像他们的狗武士精神被猛地抽了出来，伤口被割开，血淋淋的，勇气也流失殆尽。

拉奇本能地要抗拒这种事情的发生。

贝拉咆哮着说：“你说的全都是歪理！”

“狗武士精神植根在我们每只狗的骨子里，这无法否认！”拉奇怒道，“狗武士精神和天狗、森林狗一起保护着我们。哈，我干吗要跟你说这些？反正你丝毫不能理解！”

“哼，你所谓的狗武士精神把你变成了胆小鬼！”贝拉恨恨地说。两只狗针尖对麦芒，谁都不肯让步。阿尔菲和戴兹在一旁被吓住了，紧紧地蜷缩在地上。贝拉继续说：“附近除了

我们之外，并没有其他的狗！更糟的是，连一个长脚都没有。”

拉奇气得浑身发抖，沮丧透顶。他回想起前几日在火箱旁遇到的暴狗。贝拉见过那么凶狠的狗吗？当然没有——她一直都活在长脚主人的呵护中。“附近有狗！虽然现在看不到，但我嗅到了他们的气味！”

“或许你嗅到的那些狗已经离去了呢。无论如何，这里我说了算。现在我命令，大家都进去！”

拉奇怒不可遏地说：“你说了算？你也就对这些拴绳狗逞逞威风吧！那一套别用在我身上，斯魁克，永远别想！”

阿尔菲和戴兹抗议似的叫了起来，不过贝拉和拉奇没有理睬他们。尽管那两只狗的叫声越来越响，但拉奇并不在乎，反而隐隐希望他们的叫声把附近的狗引过来，免得贝拉做蠢事。

“拉奇，我命令你！”贝拉尖叫说，“我命令你和我们一起进去！”

“要命令就命令拴绳狗吧。”拉奇坐下来，挠着耳朵不屑地说；“我又不是你的手下。我不去！”

戴兹深吸了口凉气。

贝拉吼道：“这个团队都要听我的！”

拉奇愤愤地说：“爱当你就当吧！”

贝拉的胸部剧烈起伏，口水从嘴里滴下来。

“独行狗，你就我行我素好啦，看你能有什么好结果。”她转过身去，翘着尾巴沿铁丝网走开，“你这个自以为是的家伙。不出力的狗别想分到食物！”

拉奇摇着头，难以置信地看着贝拉从铁丝网下钻了过去。阿尔菲和戴兹紧随其后。戴兹哀求似的看了他一眼，但终究碍于贝拉的命令，只是怀着歉意说了一句："对不起，拉奇。"然后钻过铁丝网。

拉奇远远看着，那三只狗朝着肉锅的方向每前进一步，他的心脏就要剧烈地跳动一下。直到他们从视线中消失，他这才往回走了几步，然后转身趴在地上，重重地叹了口气。

他们身处险境，这一点毋庸置疑。每一次的枯枝断裂，每一声鸟叫，他都紧张地竖起耳朵，抬头张望。

他离不开大家。贝拉是他的妹妹，她的安危时刻牵动着他的心——而这里并不安全。或许拉奇的这种不安全感来自于他颠沛流离的生活，在过去，他需要时刻对可能发生的危险保持警惕。另外，尽管这个地方表面上看是天堂，但他确实感觉到这里充满危机。

他缓缓地站起身。

唉，天狗啊，拉奇暗想，希望我别犯愚蠢的错误……

他一边想着，回身走到铁丝网前，低头朝网下的地洞钻了进去。

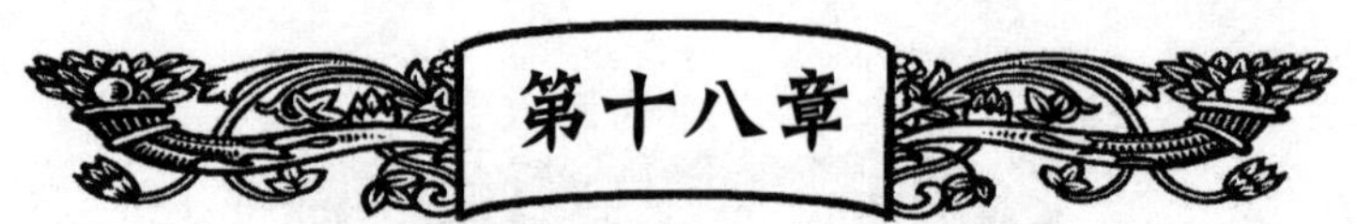

第十八章

戴兹挖出的地洞很宽敞，拉奇缩紧双肩，轻轻松松便钻了过去。

来到铁丝网的另一边，他停下来蹲在地上，搜寻那些尚未出现的狗的踪迹。他们真的走了吗？也许是在裂地吼事件中逃走的吧，或许就是从铁丝网下的空隙爬过去的。他们可能对野外生活的向往更甚于对嘴边食物的留恋吧。

一只乌鸦扯着嘶哑的嗓子飞上天空，把拉奇惊了一跳。乌鸦飞起来，最后落在一根树枝上，两粒黑珍珠般的眼睛死死盯着他。

这里的草坪长得很旺，被修剪得短短的。拉奇知道这是长脚们干的。那些长脚们仍旧住在这里吗？可是他只嗅到了狗的气味啊。中间那座大房子深色的阴影落在草坪上，拉奇眯缝眼睛，借着太阳狗的余晖，想看清楚大房子那里到底潜藏着什么敌人。

可惜站在铁丝网这里几乎看不清任何东西，因为害怕伙伴们发生危险，所以尽管心里打鼓，他仍必须往里走。于是他鼓起勇气，尽可能地把身体贴在地面上，肚皮滑过浅浅的青草，

一口气跑到了一棵树后。虽然这棵树不能成为很好的隐蔽之所，但聊胜于无吧。

他现在能够看见伙伴们了。看见他们吵吵闹闹、安然自得的样子，拉奇不由得既害怕又愤怒。那三只狗都在狼吞虎咽地吃锅里的肉，连个负责警戒的都没有。

“太好吃啦！”戴兹含着满嘴的食物尖叫说。

“唔唔。”阿尔菲一时间连话都顾不上说。他吃得越来越高兴，朝天吼了一声，然后又把嘴伸进锅里。

贝拉也在大口大口地吞咽食物。拉奇听到她说：“我们要给其他狗带回去些。”接着她又骄傲地补充了一句：“就连拉奇的那一份，也给他带上。”

拉奇听了非常恼火。难道他为了大家的安全而谨慎行事有错吗？不过，眼巴巴地看着大家在那里不亦乐乎地大吃大嚼，他的肚子发出了严重抗议。拉奇朝四周张望了一圈，没有发现任何迹象，不由得对自己的判断产生了几分怀疑：“难道是我错了？是我过于小心了？虽然贝拉沾沾自喜的模样令人很不舒服，可……”他一边想着，一边往前走。

突然，他吓呆了。

只见从那所大房子的后面，走出来一群身手矫健、凶相毕露的狗。

拉奇的狗毛一下子竖立起来。他以前见过这种类型的狗：黑色，身体细长，两耳尖尖，嘴部向外凸起。他曾在公园和作坊里见过长脚们训练这种狗。

嘎
嘎

太好吃了！
难道是我过于小心了？

拉奇迅速躲到树后。那些狗的目光只盯在贝拉等狗的身上，并没有注意到他。大口吞咽肉块的阿尔菲、戴兹和贝拉听到碎石路上响起的沙沙声后，警惕地抬起头；那群暴狗因为处在下风向，因此才能在不惊动他们的情况下悄悄凑过去。如今，暴狗们已经默契地形成了一个包围圈，将三只拴绳狗困在中央。

贝拉和阿尔菲焦急地相互看了一眼。戴兹却做出了在当时看来最为明智的事情，他打了个滚，把咽喉和肚皮都暴露在外，发出呜呜哀鸣。

好样的，戴兹！拉奇心里赞叹道，脑子够机灵。

阿尔菲紧张地瞅了瞅戴兹，然后也学着他的样子向对方投降。但是骄傲的贝拉却不肯屈服，龇牙咧嘴地冲着对方。

拉奇心里往下一沉，后背的毛竖立着，呼吸变得粗重、急促起来。

不，贝拉！别干蠢事。你不可能赢！

他真想冲过去，咬住贝拉的颈毛将她拽走。她当了首领之后变得有些膨胀了，他心想，贝拉，求求你，别鲁莽。他努力克制住自己跑过去的冲动，因为眼下他也不知道怎么办才好……

“你竟敢反抗?”一只暴狗嘲笑着说，似乎贝拉的抵抗令他感到十分好笑。其他狗开始逐步缩小包围圈。

戴兹苦苦哀求道：“贝拉，求你了。”

贝拉低吼一声，让她闭嘴。但过了片刻，贝拉长出了一口

气，然后低头认输。那一瞬间，她的力气仿佛一下子被掏空了，身体软软地躺在地上。

拉奇心里的大石头终于落了地。对方似乎也放松了一点，竖起耳朵，发出胜利的吼叫。

感谢天狗，让贝拉及时恢复了理智。

“你们怎么进来的？”身材最为高大的暴狗问。她的声音冰冷低沉，充满了威严，应该是对方的首领。她说话时，其他的狗都低头臣服。傍晚的阳光照在她的皮毛上，反射出微弱的光。在她脖子的一侧有一块牙齿形状的白毛。

拴绳狗们相互看看，惊吓过度的戴兹似乎正要回答，忽然听贝拉说：“我们从铁丝网上跳过来的。”尽管很紧张，但她的声音并没有颤抖。

拉奇真想伸爪子盖住双眼。她怎么能指望对方相信这种话？只要看看戴兹的身高，贝拉的谎言便会不攻自破，那时就惨了……

不过那些暴狗们尽管个个牙齿锋利，但脑瓜子却似乎不大灵光。只见那位首领缓缓点了点头，喉咙里仍然发出低吼。

一只大公狗恶狠狠地对贝拉说：“你们想偷窃我们的食物吗？可恶的小偷！”

“没错，”首领露出牙齿示威，“现在你们都是俘虏，等候我们发落。梅斯，把他们带走。”

那只公狗吼了一声。拉奇还从来没听过哪只狗能发出这么响亮、这么凶狠的吼叫呢，不由得吓了一哆嗦。贝拉，阿尔菲和戴兹顺从地低下头，被暴狗们押往那间大房子。一路上，暴狗们时不时地咬他们的爪子和尾巴。戴兹吓得尖叫，一只暴狗走到她面前，露出牙齿吼道："闭嘴！不许停！"

戴兹夹着尾巴紧走几步，耳朵贴在脑门儿上。阿尔菲上前试图去保护她，但听见一声警告的吼声后，只能舔了舔她的耳朵，不情愿地退后。

*地狗啊，这些暴狗到底是谁啊？*拉奇郁闷地想。对方个个强健有力，能够轻而易举地撕碎几只拴绳狗。

*地狗啊，求求您了，*拉奇默默祈祷，*不要让贝拉他们死在这里。他们虽然还很幼稚，却非常善良。他们会吸取教训的。放了他们吧……*

他必须接近大房子，如果行动够迅速，或许能够在对方来不及反应的时候救出伙伴们。至于下一步怎么办，唉……听天由命吧。

暴狗们只顾着看押俘虏，并没有回头张望。*就是现在！*拉奇抓住机会，从树后冲了出来。*快啊！*这一段路程似乎变得永无止境，但他最后还是跑到了一堵墙那里，躲在阴影下。

拉奇松了口气，沿着墙匍匐前进。暴狗们相互间距离很近，挡住了他的视线，他看不到那几只拴绳狗。他的毛竖立起来，一半是因为散热，另一半则是由于恐惧。暴狗们押着他的伙伴们走进大房子的里面。大房子有几处墙体开裂，不过看起来还很坚固，就算天狗们落在地面上，估计这房子也不会被压塌。

没戏。拉奇沮丧地垂落尾巴，头深深低下，仿佛有个长脚在用力压着他的头往下按似的。他既感到害怕，又为自己被无辜牵连到这场麻烦中而怨恨。就是因为这个缘故，他才不愿意当什么团队的首领——许多狗动作迟缓，喜欢招惹麻烦。作为团队的一员必须对其他的成员承担责任，而独行狗则仅仅依靠自己就好。

拉奇蹲下来休息，却不敢挠脖子上的毛。他小心翼翼地从墙脚处向外偷窥。

要想逃，现在是最好的机会。

没错。他现在唯一能做到的就是自保。勉强压制住逃走的本能冲动，他远远地站着，等待机会。现在他根本想不出什么办法把拴绳狗从看管严密的牢房里救出来。因为不等他靠近，就会被守卫们察觉。

可是……犹豫不决的他心想，他们是我的伙伴啊……

他想到大家过去所面对的挑战，想到大家每一天都在独立生活方面取得的新进步。他想到了戴兹捉到鼹鼠展现给他时的那份骄傲和欣喜，想到了玛莎跳入溪水中营救伙伴的勇敢，他还想到了大家离开城市那天，米琪勇敢地承担起在后方警戒的任务……

拉奇最终做出了决定。

他拐过墙脚，紧紧贴在墙上，然后急速奔过最后一片开阔地段。血液在血管内奔腾，他跑到一个装着木栅栏的窗户下蜷缩起来，让自己的呼吸逐渐稳定。要小心，不能让暴狗们嗅到他的气味或者听到他的心跳声。

他等候了片刻，就听见那只暴狗首领对俘虏们吆喝说：“另一只狗在哪儿?”

拉奇顿时如坠冰窟，周身的寒毛孔一下子收紧了。另一只狗?

他听到贝拉屈服的哀鸣，但那个首领不为所动，冷冷地说：“宠物狗，你知道我指的是谁。就是那只和你长得很像的狗。他在哪里?”

“我不知道你在说什么……”贝拉话没说完，拉奇就听见了牙齿的撕咬声，贝拉发出凄厉的惨叫。

“哼，你知道的……”

拉奇躲在窗户下偷听，越听越心惊。似乎肚子里有一枚恐惧的种子正在渐渐膨胀，把他的身体越撑越大。

他们嗅到了我的气味!

暴狗们没有看见他，却知道他在附近；他们从伙伴们身上嗅到了他的气味，然后把这气味和他妹妹身上的进行对比。这群可怕的狗肯定有着不同寻常的嗅觉。现在他该如何搭救身处险境的伙伴们呢?

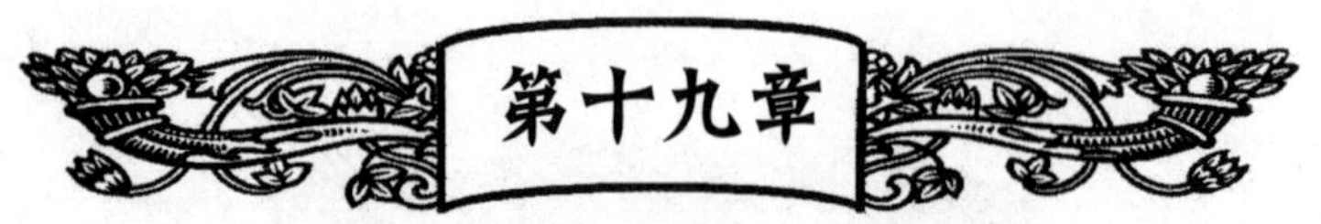

第十九章

和周围的狗房相比，那座大房子高出地面许多，一个木台阶向上连接大门，正好能给拉奇提供遮挡。他蹲在木台阶下，耳朵时刻留意房内的动静。他仔细地将从草地里挖出的泥巴涂遍全身——使自己的气味和那些暴狗们相似。

他不知道自己的伪装是否能够瞒过恶狗，也不知道自己一旦被发现后会面临什么下场。很显然，他打不过他们，甚至连还手之力都没有。他能跑过他们吗？斯维特在的话肯定能。绝望咬噬着他的神经。*不等跑过草地的一半，我就会被抓住，然后被撕成碎片。*

时间已经过去了几个小时，天色黑了下来，月照当空，气温寒凉。他仍没有想出什么头绪。他知道伙伴们吃的很少；他听见暴狗们送了些肉干进去，扔在伙伴们面前。他还知道他们被关在一间狭小的房间，门口时刻有守卫看押——他之所以知道那个房间很狭小，是因为戴兹在不停地小声抱怨。如果小不点儿戴兹都在抱怨，那么贝拉的情况岂不是更惨？他必须尽快想出办法，可脑子却一片空白——这还是前所未有的事情呢。既没有老谋深算，也没有灵机一动，仿佛他根本不是一只把命

运掌握在自己手里的独行狗。

“我是一只独行狗，”他对自己说，“而且是一只最优秀的独行狗。”

他仿佛感觉森林狗在他耳边轻语，将他的狗武士精神悄悄偷走。对，他可以瞒天过海，把伙伴们偷走。这是森林狗赐给他的灵感。他静静地呼吸，合上双眼默默祈祷。

暴狗们没有和俘虏们多说什么——除了下命令之外。但是他们相互之间却在交谈，一会儿在房子外面徘徊，一会儿又守在黑暗的阴影里。他们训练有素，没有丝毫多余的动作，仿佛随时都能够应付突发事件。看样子，他们肯定被长脚们严格训练过。拉奇身体有些发抖，因为他想起了自己曾经遇到过这样的狗。在这种狗面前，逃跑是唯一明智的做法，永远都是。

可是贝拉、戴兹和阿尔菲根本没机会逃跑，所以拉奇也不能跑。他藏在木台阶下，连大气都不敢喘一口，静静地听着。

三只暴狗从屋门走出来，拉奇急忙缩了回去。那三只暴狗并没有走下木台阶，而是蹲下来谈论今天抓到的俘虏，言语中不乏戏谑嘲讽。

“刀锋，我们应该杀死他们。”其中一只暴狗望着天上的月亮，冷冷地说。他们坐的地方距离拉奇很近，因此拉奇不敢发出呼吸声，甚至竭力保持镇定，以免心跳加速。

“利刃说得对。”第二只暴狗说，“把他们的尸体丢在铁丝网前，看哪个不长眼的还敢闯进来。况且，这几个俘虏太麻烦，留着就是拖累。”

“是啊，多一个俘虏就多一张嘴。”利刃补充说，“看他们吃东西的样子，好像饿死鬼似的。这些该死的杂种狗在白白享受我们的食物。”

“要不我们送他们上路吧，只要一口下去就能要他们的命，”另一只狗说，“这也算是一种警告，一种无声的警告。”

“这件事不能急。”那只叫刀锋的狗说。拉奇辨出了她的声音，知道刀锋就是恶狗们的首领。“咱们先得弄清楚他们是怎么找上门来，又是怎么进来的。他们的嘴很紧，坚持说是从铁丝网上跳过来的，我不信，梅斯，你信吗?”

“别担心，刀锋。咱们会从他们嘴里撬出实话来的。”梅斯阴沉沉地说，“想从我们的地盘上偷东西？哼，他们会后悔的！”

“的确，”刀锋得意地说，“用不了多长时间，那个肮脏的小不点儿就会首先吐口，她会交代第四只狗的去向。我知道他就在附近——我能察觉到他的存在。”

拉奇合上双眼，努力凝聚起所有的勇气以争取下一步的行动。这些恶狗们看起来四肢发达，头脑却十分简单。如果他是刀锋，在听到贝拉那个蹩脚的谎言之后，首先想到的就是铁丝网下可能存在有地洞，然后派出手下搜查。搜出来之后只要把地洞封死，他们就不用坐在这里疑神疑鬼了。

拉奇从木台阶下悄悄爬了出来，听到了头顶上的暴狗们正在商量如何严加看守俘虏们的细节。其中一只恶狗站起伸了个懒腰——拉奇听到他的爪子在木地板上划过的声音——然后重

新蹲回原地，嘴里嘟嘟囔囔地发泄不满。

在没有任何遮蔽的情况下，穿过草坪回到铁丝网要冒很大的风险。拉奇每走一步都千谨慎万小心，心里还一边向森林狗祈祷，别让暴狗们嗅到他的哪怕一丝气息。

走到一半路程的时候，他停下来喘口气，让绷紧的神经稍稍松弛一下。距离够不够？如果距离大房子足够远，那些暴狗们就会在明知追赶不上他的情况下懒得追过来。他可不想因为误判距离而丧命在暴狗的利爪下……

他鼓起最后一丝勇气，耸起双肩，深吸了口气，发出一声吼叫。他用力跳了起来，落地后开始在原地兜圈子，嘴里不停地吠叫。

暴狗们"腾"地站起来，看着眼前这幕奇怪的景象，一时间没有反应过来。随后，更多的暴狗从房子里出来。拉奇扬起头又是一阵号叫，叫声刺破寂静的夜色："嗨，笨蛋们！"

刀锋压低双肩，盯着拉奇，嘴里发出低吼。但她没有轻举妄动，只是抬起一只爪子，然后就站在那里迟疑不定。显然，拉奇的反常行为令她心存疑虑。

"疯狗，可怜的狗，坏得冒烟的蠢狗！哈！"拉奇绞尽脑汁，把大街上听来的恶毒语言全都用上了，"你妈吃恶心的虫子！你爸比狐狸还狡猾！"

"你生在一个破纸箱里！身上臭得连跳蚤啃一口都要呕吐！你妈是秃尾巴狗！听到我说话了吗，癞皮狗？你爸看见地上有痰都要上去舔干净！"

他的辱骂激起了暴狗们的暴怒。只见他们全都朝他冲了过来。辱骂奏效了，所有暴狗全都被吸引了过来。

很好！

同时……妈呀！

拉奇撒开爪子就跑。

他按照原路跑回铁丝网前，猛然转身，避开一张冲他尾巴咬过来的大嘴。暴狗们的速度很快，但拉奇知道他们的士气已经被自己刚才的一番辱骂打落。他们现在只想着抓住他，扒他的皮，喝他的血，相互间根本没有任何的配合。这样一来，拉奇就有了充分的回旋余地。他故意朝地洞的反方向奔跑，想把暴狗们引开，希望伙伴们能够听到这里的动静。

森林狗啊，他心想，请让贝拉机灵些，及时采取行动……

拉奇一个急刹车，转身回头，恰好从两只追来的暴狗之间穿行而过。两只暴狗张着大嘴，飞散出的口水飘到拉奇的脸上。

拉奇现在除了奔跑根本没有别的主意，而一旦这些暴狗们回过神来，他就危险了。或许现在他该孤身逃走，如果他能穿过灌木丛，就能跑到铁丝网——

噢，不！

他猛然一惊，本来急冲向前的势头立刻转向一旁。好悬啊，夜色之中，铁丝网静静地拦在他的面前，相距不过咫尺。

就在他四肢酸软，大口喘着粗气的时候，暴狗们形成了半包围圈，将他困在中间。

拉奇死死地盯着恶狗们。他们表现得很镇静，行动时举止

有度，已经完全恢复了配合。一点点，一点点，他们向前移动着，四肢鼓起肌肉，嘴上露出牙齿。黑暗中，他们的眼里闪动着仇恨的火焰。

“现在看看，到底是谁聪明呢，臭烘烘的杂种狗?”梅斯暴怒道。

拉奇步步后挪，直到退无可退，忽然，身后一痛，铁刺扎进了他的臀部。

此时的痛与即将到来的撕咬相比，根本算不上什么。这些凶狠的狗会把他撕成碎片。

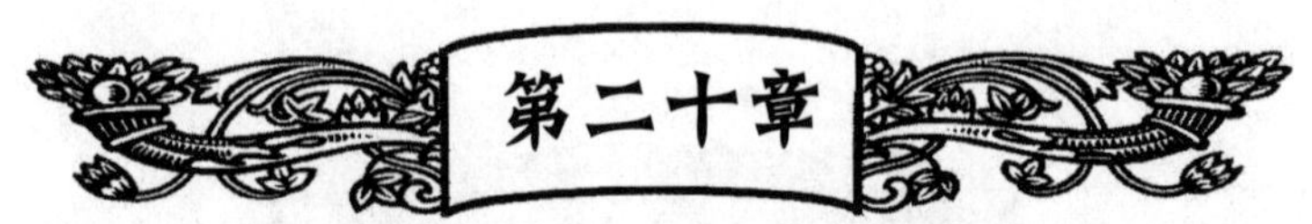

第二十章

“刀锋！刀锋！”

刀锋仰头发出一声回应，显出胸有成竹的样子。拉奇忽然发现了一个问题，顿时觉得寒意涌遍全身。原来追捕他的恶狗中竟然少了一只。尽管刀锋被他气得发疯，竟然还没有忘记派出一只狗回去看守俘虏。现在怎么办？……

“他们不见啦，刀锋！俘虏们不见啦！”

刀锋盯着拉奇，口唇翻开，露出白森森的利齿。拉奇绝望地靠在铁丝网上，浑身颤抖。

“你的同伙在哪儿？”刀锋恶狠狠地问道，“仍在这个院子里吗？”

拉奇咽了口唾沫，只盼着伙伴们都已经离开。

刀锋上前威逼说：“他们藏在哪里了？就算他们一蹦三尺高，也不可能逃走！”

拉奇壮起胆子说：“我不知道。”

“你不知道？哼，话别说得太早。把你的那些可怜的同伙找出来，否则我现在就把你撕碎！”

匕首恐吓道：“嘿，没错。老实交代，我们决不会伤害你

们的。”

刀锋狞笑着说：“说出他们的藏身地，对你们都有好处。自从你们的那个‘小团体’”——提起这个词，她不屑地吐了口唾沫——“你就一直躲在暗处，所以你肯定知道他们现在藏在哪里。说吧，蠢狗，只要说出来，你和你的那群卑贱同伙就能活命。我觉得这是我给出的最宽大的条件了，对吗？”

梅斯嘿嘿窃笑。

拉奇不寒而栗。他看着刀锋的眼睛，却没有从中看到丝毫怜悯。

一旦得知伙伴们的去向，这些暴狗肯定会追上去把他们全部杀掉。

至少贝拉他们已经逃走了。拉奇抬起头，望着铁丝网外的树林，默默地想：*森林狗，谢谢你，虽然我落在暴狗们的手里，但你救了我的伙伴们……*

远方响起翅膀扑扑棱棱的声音。

拉奇眨了眨眼睛。

一只乌鸦从灌木丛中飞起，呱呱叫着，正在天空盘旋。

乌鸦在深夜里出现？他见过这只乌鸦。在城市里，就是这只乌鸦曾经唤起了他极大的勇气。

眼前的景象向他传达了一个信息，促使他认清自我：他是一只独行狗，长期混迹街头，练就了他机智的本领。现在到了该拿出独行狗手段的时候了。

他猛然向刀锋的前腿之间冲了过去。刀锋来不及反应，看着拉奇钻到自己的身下，一口咬住了自己柔软的肚皮。噗的一下，鲜血沿着拉奇的牙齿流下，刀锋疼得嗷嗷直叫。拉奇从她的身子下面钻出，直奔铁丝网。

暴狗们全都惊呆了，这给他赢得了宝贵的时间。他眼睛瞅着前方的地洞，笔直地跑了过去。恶狗们顿时大乱，一个个发出怒吼。

拉奇的肌肉在有力地伸缩，胸口在剧烈地起伏，四条腿仿佛灌铅一般沉重。他压榨干自己最后的一丝力气奋力奔跑。地洞越来越近，近在眼前，暴狗们紧追而来。

别停下！别停下！我不想成为暴狗的晚餐……

他几乎能感觉到暴狗们呼出的热气扑在自己的臀部。没有，竟然没有地洞！

眼看刀锋率领着恶狗们追了上来，地洞怎么会不见了呢？难道他记错地方了？这不是要他的命吗？

在那儿！前方的地面上突然出现了一个黑黢黢的洞口，仍旧残留有戴兹、阿尔菲和贝拉的气味。拉奇一头钻了下去，后腿用力蹬出。

尽管只有短短的几秒钟，拉奇却感觉地洞仿佛永远走不到头似的。他的前爪疯狂地向后扒，忽然，头顶上空荡荡的——他终于从洞里钻了出来。他大口呼吸着自由的空气，随后整个身子全都出来了。他摇摇晃晃地站稳身体，使劲抖掉沾在毛上的泥土，立即撒开四条腿继续逃命。

暴狗们疯狂地撞击铁丝网，尽情发泄着滔天怒火。地洞就

在旁边，他们却没有看见。显然，拉奇要比这些暴狗聪明得多。刀锋和她的同伙们现在反而成了囚犯——被关在了高高的铁丝网内。当暴狗们不顾一切想强行突破铁丝网时，拉奇听到了铁刺划破他们狗皮的声音。

“可恶的浑蛋！”刀锋怒吼说。

拉奇一口气奔上山坡，这才停下来歇息。他一边喘气，一边凝神倾听周围的异常响动。深夜的山顶上，蟋蟀鸣唱，微风吹拂，暴狗们的吼叫已经弱不可闻。

*其他狗去哪里了？他们走了吗？*拉奇朝四周张望，努力搜寻贝拉、戴兹或者阿尔菲的气味。他们的气味很微弱，表明那三只狗根本不在附近。

他们扔下了我。拉奇心想。贝拉他们只顾着自己逃命，却把他扔给了敌人。也好，起码他们的行为还算理智。

一声欢快的叫声突然钻入耳朵，拉奇跳了起来。

“贝拉？”

他的妹妹从灌木丛冲了出来，一脸欣慰的样子。她把爪子搭在哥哥的双肩上，喜悦地舔着他的脸。一时间，拉奇感到一种无与伦比的幸福。原来妹妹他们一直处在自己的下风向啊，难怪嗅不到他们的气味呢。为了从暴狗的追捕中逃脱，他肯定用光了森林狗庇护的力量，所以才没有发现伙伴们。

“拉奇！”贝拉叫道，“你成功逃出来啦！”

其他两个伙伴也都欢叫起来，戴兹更是跳着要把贝拉挤开，以便能舔到拉奇的脸。

“戴兹！阿尔菲！”拉奇激动地和他们打招呼，“你们在等我啊！”

“当然等你啦！”戴兹转了一圈，尖叫道，“我们怎么可能丢下你呢？你救了我们！”

“你真不可思议！”阿尔菲的尾巴用力摇摆。

“为了救我们，你甘愿冒生命危险！已经不止一次啦！”戴兹感激地说。

“噢，戴兹，”拉奇感叹说，“你把鼹鼠都给我捉来了，我怎么可能抛弃你呢！”

贝拉平静下来，贴着拉奇的脸说：“对不起，我没有听你的劝告。”

拉奇对妹妹眨了眨眼睛，一时说不出话来。

“你是对的。我应该听你的话。”贝拉轻声说，“我再也不会犯类似的错误了。”

拉奇感动地舔了舔她的额头，说：“没关系，贝拉，别难过。现在我们不能在这里久留。你们听——”

四只狗竖起耳朵，听见暴狗们歇斯底里的吼叫声远远传来。无论他们如何努力，都逃不脱铁丝网的束缚。他们并不是真的强大——尽管有着灵敏的嗅觉，却找不到那个地洞——就算找到了，也要花费很大的工夫才能把那条地洞扩大。不过拉奇不敢掉以轻心。

“该走了。”他说。

这一次伙伴们没有提出任何异议。阿尔菲先冲进夜色里，

寻着来路朝营地进发。戴兹和贝拉紧跟在后。

拉奇回头又瞅了一眼铁丝网。他知道此时刀锋的心里必定充斥着怨恨。智力上的失败让这只骄傲的暴狗觉得难以忍受，看来以后又多出了一个难对付的敌人。

拉奇隐隐觉得，他们以后还会相遇。

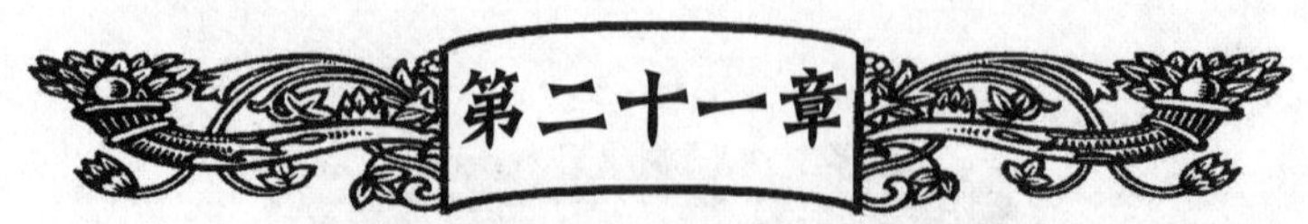

第二十一章

东方的地平线上出现一丝苍白的曙光，因为天色尚早，周围的事物仅能模模糊糊地显出轮廓。拉奇醒了过来，周围的荆刺扎在皮肤上，让他睡得并不踏实。想必其他狗昨晚也没睡好。因为害怕那群暴狗循着他们的踪迹追到营地，所以拉奇坚持在灌木丛里过夜。

他眨了眨酸困的眼睛，伸展开僵硬的身体，然后走到正在熟睡的戴兹面前，说："起来了，戴兹。该上路了。"

她猛地睁开眼睛，经过昨天的事情，紧绷的神经仍然没有松懈下来。她对着阿尔菲轻轻唤了一声，催促他赶快起来。拉奇心想：至少，他们终于明白谨慎的重要了。

"虽然那些暴狗们昨晚不可能发现地洞，"拉奇平静地说，"但我们不应该逗留，他们是不会死心的。"

"是啊。"戴兹哆嗦了一下。

阿尔菲伸了个懒腰，挠了挠脖子，然后急不可待地迈开脚步。另外三只狗跟在后面，前后保持很短的间距。

离开那个院子，越远越好。拉奇心想，只有不停地前进，才能把刀锋和她的同伙们远远甩在后面。

可是，就算回到营地也不安全啊。但他不敢把这个想法告诉大家。

走路缓解了身体的酸痛，但拉奇仍然感到疲乏，加上心情沉重，更觉得力气像被掏空了。贝拉不住地瞅他，目光里充满了关切。但他不打算说出自己的疑虑。

感觉没走多远，营地就出现在视线里，拉奇越发觉得此地不能久留。

一脸焦虑的米琪跑过来迎接他们。跟在他后面的阳光看见他们平安归来，高兴得连连吠叫。

“你们回来啦！谢天谢地！出什么事啦?”

“阳光，等大家集合后，我再告诉你。”拉奇舔了舔她的鼻子，拱着她往营地走，故意忽略米琪忧虑的目光。

整个营地的拴绳狗们迅速集合完毕，都还不忘把长脚主人的纪念品带着。听到昨天的事情后，大家都为拉奇和其他狗能够平安返回感到庆幸不已。没有哪个对他们两手空空地回来而抱怨。

“真不敢相信你们竟然逃了出来。”玛莎惊恐地说，“他们太可怕了。”

“非常非常可怕。”戴兹强调说。

“你们真该看看拉奇的速度！”阿尔菲尖叫说，“我原以为他死定了，没想到他竟然比恶狗们都厉害！”

“他很英勇！”戴兹崇拜地看着拉奇。

“他们会过来袭击我们吗?”阳光问。

“不会的。”拉奇深吸了口气，“他们会追着我们的气味来到营地。但他们不会找到我们，因为我们这就离开。”

大家听了都默默不语，尾巴和耳朵无力地耷拉着。

“不！”阳光哭着说。

“好啦，阳光，”玛莎温柔地舔了她一下，舔得这个小不点儿都站不稳了，“我知道这里很好，但好的地方可不止这一处啊。”

“不大容易找到吧，”米琪泄气地说，“不过我明白拉奇的意思。”

贝拉飞快地说：“不想留下来等刀锋那群暴狗的就赶快离开。别怪我事先没打招呼啊，刀锋可不是好惹的。”

“没错，”阿尔菲心有余悸地说，“阳光，咱们还是赶快离开吧。”

阳光又抽泣了一下，留恋地看了看营地说：“好吧。”

贝拉说：“拿好自己的纪念品，大家一起开路。”

拉奇无奈长叹，既然舍不得，带就带吧。现在大家已经接受了抛弃营地的现实，因此都十分配合。

他们走出营地后，沿着一条光秃秃的山脊走了一段路程，然后下山进入一个溪谷。拉奇发现这支小团队已经和当初刚从城市里走出来时大不一样。

他们身上不再有香皂和长脚的气味，而是河水、树林、土壤和彼此之间的气味，处处散发出野性。他们的身上也脏了许多，看看阳光吧，谁能想到她曾经被长脚仔细地梳理过狗毛

呢？尽管她的毛纠结成团，爪子上裹着泥巴，走起路来却活蹦乱跳的。她和米琪似乎很要好，当米琪提出他们两个一起狩猎的时候，她高兴地应承下来。

“别走太远！”拉奇警告说。

“放心，”米琪郑重地说，“我们就在团队附近。”

团队，拉奇看着两只小狗组成的菜鸟级捕猎组消失在灌木丛里，心想，是啊，这些狗已经基本上可以称之为一支团队了。既没有发牢骚的，也没有因为被刺扎着或爪垫瘀血而哭闹的。现在大家像一个组织了，不用交代什么就能自觉地相互守望。

拉奇安慰地想：*狗武士精神正在他们的血液里复苏。*

就连贝拉（尽管她嘴上不承认）做起事来也渐渐符合狗武士精神了。大家都在学习如何适应自由的生活。

爬上另一处山顶时，拉奇放慢脚步，身体尽量贴着地面。米琪和贝拉就在他旁边，所以首先注意到他的异常。

“拉奇，有什么问题吗？”贝拉紧张地问。

“看见山下的平原了吧？咱们就是在那里遇见了黄皮长脚。大家小心！”

所有的狗都紧张地望着山下。很好，拉奇心想，他们开始学会遇事先用脑子而不是先叫唤了。站在山上，山下旷野中的情况一览无余：一个冒烟的高塔，漂着白沫、缓慢流动的灰黄色溪流。那脏水可能是从高塔内流出的，把旷野边的一条马路染得污秽不堪。拉奇看了都哆嗦，庆幸自己及早离开了。这种

情景让他联想到恐惧、疾病和死亡。

他稍稍加快了点速度，把那些不愉快的场面都抛在脑后，心情越来越放松。就连身后阳光和戴兹的唠叨，都让他有种自由和轻松的感觉。

这时，他忽然听到一个长脚的叫声。

拉奇的身体一下子定住，一只爪子抬在半空。其他狗也都竖起耳朵，有一两只狗竟然兴奋得尖叫起来，贝拉立刻呵斥他们闭嘴。

“镇定！”她吼道，“安静！你忘了戴兹发生的事吗？”

“唉，是啊。”戴兹呜咽说，“不要轻举妄动。”

拉奇轻轻放下抬起的爪子，爬过树丛，看见前方有一道铁丝网，里面盖了一座低矮的建筑，他立刻便回想起了暴狗的那个院子。虽然刀锋的事情已经过去了，但他想起来仍旧感到心惊。于是他来到铁丝网前，蹲下来嗅了嗅。

这时，他忽然听见左前方的树枝咔嚓断了，顿时吓得差点儿惊叫起来。他急忙躲在一棵树后。一个长脚——想必刚才的叫声就是他发出来的——从浓密的灌木丛里走了出来。拉奇远远见他的身材有些怪异：很臃肿，而且一边高一边低。等对方走近了，拉奇才看清原来那个长脚的肩头上竟然还背着一只死鹿。长脚的手里持着一根响棍——从空气中飘散的那股刺鼻气味判断，响棍刚刚开过火。不过拉奇不关心这个，因为他嗅到了另外一股气味：从死鹿那里飘来的血腥味。猎物啊，食物啊……

趁长脚拉开那个低矮建筑的门，准备把死鹿抬进去的时候，拉奇溜回了树林里。他的动作很轻，原本不会引起长脚的注意。

不料布鲁诺却跑了出来，高兴地汪汪叫着。在他的带动下，米琪、阳光和阿尔菲也按捺不住激动的情绪，跟着一齐叫了起来。贝拉严厉命令他们回去，但只有戴兹和玛莎听话，其他两只狗却欢叫着奔向长脚。

长脚豁然转身，惊吓中扔掉了手里的死鹿。

他愤怒地叫了一声，将肩头的响棍卸下，指向奔来的那两只狗。

巨大的恐惧冲击得拉奇浑身颤抖。其他狗见过响棍吗？难道他们不知道响棍的可怕吗？就在他要发出警告的时候，一声巨响从响棍发出。

那声音好像裂地吼撕开地面一样惊天动地。巨响回荡在旷野，拉奇的耳朵嗡嗡长鸣。布鲁诺和阳光吓得赶紧停住脚步。

拉奇正要飞奔过去察看，发现他们两个还好好地站在原地，并没有受伤；长脚的响棍肯定没有对准。

看到这些狗向后退却，长脚转过身，拖着死鹿走进了屋，然后重重地甩上大门。

布鲁诺、阳光、戴兹和玛莎聚在一起商量了一阵，接下来的一幕让拉奇惊呆了。只见他们并没有转身逃命，反而又朝那座矮房子跑了过去。

布鲁诺的身体狠狠撞在木门上，其他的狗也上前抓挠，嘴

里发出尖叫和哀鸣。拉奇和贝拉震惊地相互看了一眼，急忙拔腿往那里冲。

“快离开，蠢货！你们到底要干什么？”

“布鲁诺！”贝拉喊道，“你没看见响棍吗？你没听见爆炸声吗？”

布鲁诺抖了抖身子，也开始抓门。

“贝拉，那个东西叫枪，没什么大不了的！我的主人就有一支枪！枪是用来打鹿的！”

“贝拉，你没看见吗？”米琪叫道，“这个长脚很好，没有对我们射击！他和那几个穿黄皮的不同。”

“哈，”阿尔菲尖叫着说，“啊，贝拉！这个长脚有一整头鹿呢！他根本吃不完，我们能帮他吃呀！”随后又冲着门吠叫起来。

这时屋内传出长脚的怒骂声。

阳光不像其他狗那样兴奋，而是有些顾虑地说：“米琪，或许贝拉说得对。即使这个长脚没有……伤害我们，表现得却不大友好。”

拉奇恼火地说：“他刚才已经用响棍警告过你们了，要是再不知趣，下次就会杀了你们。”

“谢谢你，拉奇！”出乎拉奇的意料，贝拉赞同地说，“你说得没错。伙伴们，和你们一样，我也很想念长脚主人。但并不是每个长脚都会宠我们！”

听了贝拉的话，布鲁诺、米琪和阿尔菲冷静下来。

“贝拉，可是……”阿尔菲呜咽说。

“没用的。”贝拉语气坚定地说，“你们好好想想。难道你们还不相信拉奇的经验吗?”

大家惭愧地低下头。拉奇看着妹妹，心里又是感动又是自豪。贝拉在这件事情上表现出非凡的领导力，布鲁诺等四只狗低着头、夹着尾巴，顺从地回到树林里。

看来贝拉已经成功地在这个团队里树立了威信，他们不再需要处处依靠拉奇了。

戴兹舒了口气，恳求道:“走吧，米琪，别再想长脚的那只死鹿了。那个长脚也不想被我们打扰。咱们快点离开这儿!”

“是啊，戴兹。”米琪有些惭愧地说，“对不起，贝拉，我们太鲁莽了。”他怀着深深的歉意舔了舔贝拉的鼻子:“是我们考虑不周。”

“没关系的。”贝拉说，“不过从今天开始，我们必须对长脚保持警惕。我们并不了解他们。大家都要牢记，我们和长脚并不是同类。”

一群狗退出山谷，路上安静了许多，拉奇走在贝拉身侧。他舔了舔妹妹的脸，贝拉嘲弄似的瞅了他一眼，脸上却充满喜悦。

拉奇心里暖烘烘的，暗想:她开始理解我了。

经过刚才的小意外，大家加快了行动速度。一路上休息、喝水或吃饭的时间都很短暂。但当阳光和米琪抓了一只兔子回来时，拉奇仍花了点时间进行表扬和赞赏。刚才他们挨了贝拉

的批评，只有鼓励才能让他们尽快从低落的情绪中走出来。

不过，大家的表现的确比以前好了许多。尽管走了这么长时间的路，太阳狗都已经落在西边的山上了，却几乎没有哪只狗抱怨过。拉奇看出阳光和戴兹体力不支，于是在山顶上吠叫着不停地给他们两个打气。

“咱们停下来休息会儿。你们看！”

队员们顾不上躺倒，顺着拉奇的指向望去。

“啊，天哪！”玛莎惊呼。

“那是我们的城市吗?”阳光倒吸了口凉气。

大家登高望远，只见海岸线如一条银色的丝带曲折蜿蜒，蓝色的大海一望无垠。他们所处的大山之下是一片开阔的田野和平坦的草原。

再往远看，那一簇模糊的建筑群，就是他们的城市。

即使相隔数十里，拉奇也能看到那座城市发生的巨大变化。地面四分五裂如长了疥疮的皮肤，幸存的楼房寥寥无几，凭空里还多出了许多波光粼粼的大湖。废墟之间还泛滥着大量的灰黄色的毒水。

贝拉走到伙伴们面前说：“大家听着，世界已经变得不一样了。”说完，她看了眼身侧的拉奇，见他冲自己点了点头，心里多了几分自信，继续说道：“大家从这里看到了全貌，对不对?环境发生了翻天覆地的变化，一个全新的世界——”她的目光从每一只狗的眼睛上扫过，“需要我们以全新的姿态面对。”

戴兹不安地呜呜叫。玛莎郑重地说:“贝拉,你是说世界变了,对吗?”

贝拉深吸了口气,除了拍打着的尾巴之外,看不出她有任何的紧张情绪。“我们必须依靠自己的能力生存下去。我们必须学习——这是唯一的选择。”

“贝拉,”阿尔菲呜咽着说,“可是我们在努力啊,真的很努力。”

“我知道!大家表现出了一个团队应该具备的素质!但如果我们缺乏自信,就永远无法做到独立。”她指着阿尔菲面前的皮球说,“我们要接受没有长脚主人的生活,我们所能依靠的只有我们自己,而不是其他任何动物,包括我们的主人。我们要——”她深深吸了口气,“丢掉这些累赘,让它们成为过去。”

米琪吃惊地张大了嘴,手套顿时掉在地上。他凝视着手套,然后抬头说:“丢掉它们?贝拉,不行啊!”

“不行也得行!难道你们还不明白吗?不扔掉这些代表过去的包袱,我们就永远无法获得自信。我们需要告别旧生活!米琪,就算是暂时的吧。那段生活是我们生命中的重要组成部分,但毕竟是过去的事情了。请相信我!”

贝拉的耳朵耷拉下来,平静地说,“或许拉奇是对的。或许我们需要更多地听从狗武士精神的指引。”

拉奇感到一种前所未有的光荣。

米琪哀伤地看向布鲁诺。布鲁诺无力地躺在地上,那颗巨

大的头颅搁在前爪上，发出了一声重重的叹息。

阿尔菲的怒吼打破了此刻悲伤的气氛："可是拉奇根本不理解。贝拉，你也开始不理解我们了！"

"阿尔菲说得没错，"米琪站起身，"我知道拉奇不在乎，但贝拉你知道往日对我们有多么重大的意义啊！"

拉奇十分郁闷，真想大喊一声：你们放弃眼前的这些东西才意义重大呢！但他知道此时自己不宜多说话。

贝拉十分冷静地说："我知道往日的意义，但眼下生存更为重要。"

"你之所以这么说全都是因为你被拉奇的观念误导了！"阿尔菲尖叫起来，"你在取悦你的哥哥！"

"胡说八道！"贝拉怒斥道，"我这么说，是因为现实如此！"

"不要啊，贝拉！"阳光按住她的皮带说，"不，我不能扔掉这个东西！这是我的长脚主人送给我的，不是普普通通的皮带啊！"

"对！"布鲁诺眼看贝拉准备把他的尖顶帽扔走，抢先一步叼在嘴里。

阿尔菲两眼冒着怒火："贝拉，你太让我吃惊了。我们不会背弃主人的！"

"那样大家都无法存活！"贝拉怒吼道，"不放弃过去，我们一旦遇到困难就会总想着找长脚主人们求助。我现在醒悟过来了，你们也会的，前提是你们要认清现实：他们是不会再回

来的！”

在群狗的怒叫声中，戴兹忽然坐了下来，悲切地发出一声号叫。

其他狗顿时惊呆了，彼此面面相觑。

“求求你们别吵了！”她哭泣说，“总是不停地吵，我受不了啦！”

贝拉舔舔她的头，安慰道：“对不起。没错，吵架的确无助于解决问题。”

拉奇看着眼前这一幕，吓得连大气都不敢喘。大家面临着生命中的重大抉择，他根本插不上言。经过暴狗事件之后，大家都很尊重拉奇的意见——而现在需要尊重贝拉的意见。大家不会好了伤疤忘了痛吧？

玛莎第一个行动起来。她低头叼起她的红围巾。拉奇感觉心脏跳到了喉咙，以为她准备反抗贝拉的命令，选择一条前途未卜的道路。

然而令他意外的是，玛莎找到一块土质疏松的地儿，用前爪扒拉起来。她的爪子很大，而且还有脚蹼，不一会儿便扒出了一个土坑。大家没有说话，默默地看着泥土飞溅。等土坑大约一条腿深的时候，玛莎叼起红围巾，轻轻地放进坑里。

群狗忧虑地互相看着。片刻之后，布鲁诺带着一丝怒气叼起尖顶帽，也去找了个合适的地方。然后是阿尔菲和阳光。阳光面含悲切，将那根闪亮的皮带缓缓埋进泥土里。戴兹的钱包比较大，所以花的时间也比较长。还好有玛莎帮助她挖，最后

沙沙
……
沙

沙
沙

沙沙沙……

两只狗把纪念品放进了同一个坑里。拉奇知道，他们现在的行为表明他们正在听从狗武士精神的指引。因此他不敢说话，生怕打断这个难得的进程。最后贝拉叼起她那个脏兮兮的布狗熊，把它埋入地下。

做完这一切，她看向米琪。因为就剩下米琪还没有动了。只见他按住手套说："贝拉，这是小主人最珍爱的宝贝了。我知道这个手套对他十分重要。若是还有一线机会，小主人决不会扔掉它的。而且我坚信他不会扔下我不管。"

贝拉看着他，陷入了沉思，其他狗面面相觑。

米琪深情地拱了拱破旧的皮手套，抬起头说："我不能放弃对主人的忠诚，我知道你们也不能。我明白我们必须扔掉这些东西的理由——真的明白，贝拉。我明白我们不能再指望获得长脚的帮助，但我们当中要有一只狗记住过去，替伙伴们保存住过去的记忆。"他小心翼翼地叼起手套，说："就让我来当这只狗吧。"

贝拉温和地说："米琪，也许你是对的。而且我们都能帮你带着它——以此表明我们都有责任来呵护那份回忆。"她轻柔地拱了拱米琪的脸庞。

拉奇往山下走了几步，给大家留出默哀的时间。每一只狗静静地站在纪念品的小墓前，齐声向天哀号。拉奇心里五味俱全。他们在哀悼他们的长脚主人——也是在向世界发出声音！无论有没有意识到，他们也是在同地狗讲和……

果然，接下来贝拉的话令他心里充满了爱和自豪。

只听贝拉高声喊道：“地狗！你要保护好我们的东西！”

“还有我们！”米琪大喊，“地狗啊，也请你帮我们把长脚带回家吧。”

拉奇无法体会他们的悲伤，却感受到了其中蕴含着的深深思念。他很同情伙伴们，但与此同时也为自己的超脱而庆幸。

他是拉奇，自由自在的拉奇，一只不依靠长脚的独行狗。

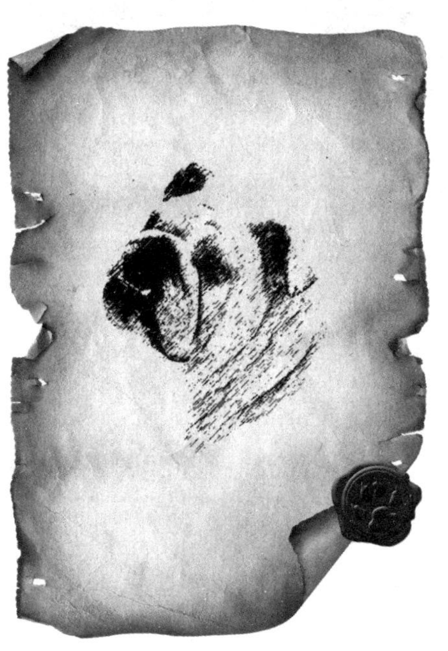

第二十二章

第二天，穿越森林，蹚过溪流，经过一天沉闷而漫长的跋涉，当拉奇发现了那个山谷时，天色已晚。因为山坡较陡，若不是站在山顶，很难看到这里还有一个偌大的山谷。

大家风尘仆仆地望着山下。山谷中央一条清澈的小河在礁石和树丛中曲折流过。小河之外的谷底开阔而平坦。对于一群狗来说，这里简直就是世外桃源，既没有大树也没有大石头，因此就算裂地吼来这里肆虐，也不用害怕被砸着。

太棒了，住在这个山谷里，完全不用担心安全问题。这样一来，拉奇也能放心地离开伙伴们，重新过独行狗的生活。

他本该感到高兴才对——可为什么心里沉甸甸的呢?

戴兹发出一声呜咛，却不是抱怨，而是充满了期盼。低沉的太阳狗斜照进去，为草地和河面涂了一层灿灿金色。

“拉奇！你觉得……我们能否……”

“你们可以的，戴兹。”拉奇温和地说。

戴兹困惑地问：“你说我们?”

拉奇没有回答。

布鲁诺兴高采烈地说：“太好了！拉奇，你是个天才！”

“这里太美了。”阿尔菲惊叹道，“简直完美无缺！”

“而且猎物也很丰富。”拉奇对走过来的贝拉和米琪说，“因为这里非常适合老鼠和兔子生存。”

布鲁诺心痒难熬，说：“拉奇！咱们给地狗供奉的祭品是不是起作用啦？”

拉奇想了一会儿，说：“你指的是你们埋的那些纪念品吧？唔，也许……”

“我认为布鲁诺说得对！”阿尔菲尖叫着说，“地狗终于认可我们了，是她把我们带到了这里！”

拉奇承认，自己能够找到这个地方的确包含了一定的运气成分。“这个地方很棒，不愁吃不愁喝，更重要的是，不必担心有危险。”他舔了舔阿尔菲的鼻子，心里微微感到恋恋不舍，接着说道，“我很高兴你们能住在这里。”

“可是——”阿尔菲目瞪口呆地说。

布鲁诺说：“你不会要走吧？”

拉奇避开他的目光，强颜欢笑说：“我当然要走啦。一开始我就和大家说好的！”

迎接他这句话的是伙伴们的强烈抗议。

“你不能丢下我们！”阳光叫道。

拉奇舔了舔她的头说：“我是一只独行狗，已经习惯了独来独往。”

戴兹抽泣着说：“可你是这个团队的一员啊！”

“不！你们不需要我！捕猎对你们来说已经不成问题。你

们能照顾自己，最重要的是，你们在听从狗武士精神的指引。你们是一个集体，一个合格的团队。现在，你们也找到了宜居之地！”

“噢，拉奇。”贝拉走上前，舔着他的鼻子，端端正正地坐在他面前，凝视着他的眼睛，尾巴缓缓拍打地面。

拉奇心里一沉，暗想：天狗保佑，千万别让贝拉挽留我。贝拉，好不容易度过了这一段艰辛的日子，我不想和你争吵……

“放心吧。”贝拉和他对了一下鼻子，“我不会再和你吵架。不过我想求你一件事情——留下来和我们共度最后一个夜晚吧。”

阳光叫道：“拉奇，留下吧！”

“求你啦！”戴兹一脸恳求地说。其他狗也都纷纷劝说。

“就多留一晚。”贝拉对他说，“明天天亮后，如果你执意要走，我们不会拦你的。”她竖起一只耳朵，侧过头问：“这个要求不过分吧？”

拉奇叹了一口气，闭上双眼。他知道自己不会改变主意的，就算到了明天，他依然要离去。

留一晚就留一晚吧，还能有坏处不成？和伙伴们多聚一个晚上，感受那份长大后再也没有感受过的温暖。就过一个舒适的夜晚，等天亮后，一切都回归到往日的生活轨迹：自由、野生和独居的快乐。那是他一贯的追求。虽然他的心里有个微弱的声音苦求他留下来和伙伴们一起生活，就像小时候那样。但那份回忆早已经泛黄，变得模糊不清。

“好吧，”他最后说，“不过我事先声明，我是不会改变初衷的。”

拉奇趴在地上，惊奇地看着这个他临时归属的团队在周围忙活。贝拉指挥得头头是道，大家工作得井井有条。他们已经获得了如此巨大的进步！拉奇欣慰地想。

阿尔菲和阳光把长长的草晾晒在河边的一块大石头上，晒干后收集回来。其他狗则在草坪上布置陷阱——拉奇几次想帮忙都被劝阻。

“现在你是我们的客人！”戴兹尖叫道。

“这样我们才能保持自立。”贝拉平静地解释说。

虽然拉奇当初教大家捕猎时也是袖手旁观，但这一次完全不同。他感到很尴尬，多次要求帮忙，但每次布鲁诺都笑呵呵地说：“拉奇，安心等着吧！”

拉奇无奈，只好听从大家的安排，轻松地躺在河边，聆听潺潺的水声。很快，大家都回来了——米琪最后返回，嘴里叼着一只血淋淋的兔子——他们一个接一个地把猎物放在草地上。

戴兹的战利品是一只皱巴巴的小老鼠，这令他很难为情。贝拉也捉到了一只兔子。玛莎不知怎么的竟然搞到了一只松鼠。布鲁诺和米琪的收获最大——竟然是一只小鹿。在一堆七零八碎的战利品中间，这只小鹿就变得特别显眼。阿尔菲和阳光除了弄来干草之外，还捉了一些甲虫。

大家围成半圆，把拉奇围在中间。贝拉走上前，躬身说：

“拉奇，这是我们为你捕到的。你为我们提供了许多帮助。请你第一个品尝，好吗?”

拉奇口干舌燥，大家表现出来的尊敬令他有些不好意思。这群狗摆脱了往日的宠物习气，为了庆祝新生，特别搞了这样一个仪式。这一顿饭对他来说意义重大。

“拉奇，吃啊，”阳光期待地竖起一双白耳朵，说，“每个猎物的第一口都由你来吃。”

拉奇顺从地咬起一只甲虫，嘎吱嘎吱嚼了两下咽进肚里。看到他第一口就选择了自己的猎物，阳光乐不可支，毛茸茸的小尾巴快活地上下拍打。

拉奇从每一只猎物上都咬了一小片下来，满怀感激地咀嚼着。直到他品尝了所有的猎物，大家才都围上前享受这丰盛的大餐。

拉奇咽下嘴里的一块兔子肉，说:“你们都是猎手，在寻找食物方面都很有天赋。谢谢大家的款待。”

“拉奇，应该谢谢你才对。”玛莎说，“是你教会了我们捕猎的技巧。”

最后大家都吃得肚子滚圆，心满意足地聚在一起躺下。拉奇闭上双眼长叹了一口气。贝拉靠着他，戴兹躺在他的后腿上，阳光拱进他的脖子下。米琪干脆把他的肚皮当成了枕垫，懒洋洋地把大腿搁在上面。拉奇迷迷糊糊入睡的时候，还能感觉到米琪两腿在偶尔的抽搐。哈，他好笑地想，看来米琪在梦里仍在追那只鹿呢……

一样的黑暗，却是不一样的梦境！

这里没有牢笼的铁栅栏，虚无的黑暗中充斥着怒吼声和摔打声。

这是狗与狗之间的战斗！双方进行的是殊死的搏斗，因为狗潮来了！

拉奇想离开这里，却怎么也找不到出路。利爪在他的肚皮上划过，露出的尖牙发出白森森的光。一只大狗撞在他的身上，刚一站稳便又投入到战斗中。吼声、叫声、骂声，声声惊心动魄，怒火、痛苦和恐惧在战场中得以尽情地宣泄。不知哪只狗凶狠地咬住了他的耳朵，残忍地撕拽下来，一阵尖锐的疼痛如利剑般刺入头颅。

这场战斗仿佛就是妈妈小时候说过的天狗们的终极之战。没错！这是末日战争。深陷在这群野蛮凶猛的武士之间，他能做的只有退缩和逃避。

战场中竟然还有他认识的狗——贝拉。贝拉就站在他的身边，一只眼睛血红的大犬扑到她的背上，朝她的喉咙咬去。贝拉发出凄厉的叫声。不，拉奇在心里喊叫，不——但他鞭长莫及，他被别的狗死死缠住，难以脱身。除此之外，还有奄奄一息的斯维特。令他意外的是，刀锋和利刃也在这里，但没等他们做出什么抵抗，就被黑压压如潮水般的狗群淹没。小戴兹被压在一堆尸体下，发出绝望的哀叫。面对这一切，拉奇却无能为力！

他努力去抓戴兹的项圈，但爪子却在水里一滑……不，不是水，感觉有些温暖、滑腻，颜色深红……是血！他的身上沾满了鲜血。血水的表面泛起一层诡异的色彩，与当日毒河里的情形很像。拉奇惶恐无助，摇摇晃晃地走着，突然失足滑倒。血水顿时涌入口中，黏糊糊的鲜血把他的牙齿都染红了。双眼经过血水浸泡后形成一层薄膜，透过这层薄膜，整个世界都是红的。血红……

*　　　　*　　　　*

拉奇如弹簧般跳起来，从头到脚没有一处不在颤抖。他大口喘着粗气，心脏如疯狂的小鹿在胸膛内猛冲乱撞，仿佛下一刻便要炸开。天空和整个世界都殷红如血，他的嘴里仍能感觉到浓重的血腥味。

过了片刻，他的头脑才渐渐清醒，原来是天亮了。太阳狗正在伸懒腰打哈欠，起床的时候把整个天空都染成了猩红色。

拉奇的心脏扑通直跳，实在难抑惶恐，口中忍不住发出叫声。睡在旁边的戴兹疑惑地抬起头，舔了舔他的鼻子问："拉奇，你没事吧?"

拉奇低头看着戴兹，全身立刻放松下来。太好了，戴兹没死，也没有被压在战死的狗武士下面。他也舔了舔戴兹的鼻子，心里充满感激。

"我没事，戴兹。刚才……刚才做了个噩梦。仅此而已。"

拉奇不想把梦里见到的景象告诉她。尽管自己被吓得不

轻，但他不愿意让伙伴们因此而不安。

其他狗也一个接一个地醒来，沐浴着清晨的阳光，纷纷伸着懒腰，有舔对方鼻子相互问候的，有打哈欠的。大家站起来，抖去昨晚的睡意，这才忽然记起来将要发生一件重要的事情。天亮了，这意味着拉奇的离去。想到这里，无论是哈欠声还是吆喝声顿时止息，他们都难过地看向拉奇。玛莎走过来拱了拱他的脸，说："拉奇，没有你，我们该怎么过啊？"

拉奇强忍住内心的遗憾和痛楚，打起精神说："你们会过得很好！我能照顾自己，你们肯定不想我成为你们的累赘吧。"

戴兹悲伤地说："你就算成为累赘我也愿意。"

"可是，戴兹！"拉奇神采奕奕地晃着尾巴，"你的成长速度令我感到惊讶。你是一只优秀的猎狗，将来会更厉害。下次见面时，你可要好好表现一下，给我抓只兔子来哟！我保证，我们还会再见。我会回来看你的。"

戴兹微微点头，呜咽说："噢，拉奇，我会想你的。"

"我也会想你的。"拉奇关切地说，"不过你想想看，我走以后，就不会一天到晚挑你的不是啦，这是好事啊！"说着，他跳起身，晃着尾巴，蹦蹦跳跳地转了一圈，热情洋溢地叫道："你们不打算和我好好告个别吗？"

大伙一拥而上朝他的身上压了过去，叫的叫，舔的舔，拱的拱，纷纷送上最美好的告别。拉奇则用热烈的回应来掩盖自己深深的不舍和遗憾。他不会改变主意的，但为什么心里却又如此懊悔呢？大家未来的生活一定很好，而他也能过上幸福的

单身日子。

“布鲁诺，再见啦，身体棒棒的，继续勇往直前哟。玛莎，这里有条河，你又可以游个痛快啦！戴兹、阳光，还有阿尔菲——祝你们的个头再增加一倍。听从你们内心狗武士精神的指引，你们将比任何恶狗都更加勇猛！”他转过头，让米琪舔了舔自己的鼻子，说：“米琪，你是一位好猎手。好好把你的本事教给他们！还有你，贝拉——”

他没有说完，因为妹妹走过来把脸贴了过来。

“啊，拉奇，”她低声说，“我们又要再次分离吗？”

“噢，贝拉，”拉奇心如刀绞，“小时候是长脚把我们从妈妈身边带走的，那时连告个别都不能。起码这一次可以了。”

“上一次的分离彻底改变了你的生活。”贝拉温柔地说。

“是啊，”拉奇叹了口气，“贝拉，对不起，我很喜欢现在的这种生活方式。不过，若不是长脚强行把我们分开，我是不会离开你的。”

“我知道。”妹妹舔着他的耳朵，“我知道你和我们不同。你更崇尚和天性相符的生活。拉奇，那很好啊。而且你给了我们那么多帮助。谢谢你这段时间的陪伴。”

“不……是我该感谢你们这群朋友。这一段旅程也给了我极大的快乐。”说到这里，他吃惊地发现，原来分别竟是如此痛苦。

“再见，拉奇。我相信分别只是暂时的。”贝拉最后温柔地拱了他一下，然后退后一步。

拉奇站起来，发出一声幸福的号叫，将顶在喉咙的苦涩咽进肚子里。

“我们还会再见的！祝你们快乐！祝你们万事如意！我会想念你们的。”

他生怕改变主意，于是飞快地奔出了山谷，离开这个美丽的家园。他加速奔跑，仿佛要尽快远离这段回忆。他绕过一棵棵大树，跃过一根根木头，让自由的感觉在体内逐渐萌发。

毕竟，再见不是永别。山的那一头就是大海，天涯咫尺，世界并不是他原先想象的那般大。他知道自己旅途的终点还要回到朋友身边，一同分享彼此精彩的经历和快乐……

阳光透过树林，在地面上形成金色的斑块。枝头不见鸟雀，却闻阵阵鸣叫。就在前方的一棵树上，他看见一只乌鸦正盯着他，随后便扇动黑色的大翅膀飞起，嘎嘎声好似在问候一位老朋友。空气中洋溢着生机和活力。他热爱丛林，无论过去还是现在！因此在他陷入恶狗的包围时，森林狗才会保佑他灵机一动。未来是孤独的，自由的，也是快乐的。为自己捕猎，靠自己生活，这正是他梦寐以求的生活。

一只松鼠忽然从他身前闪过，慌慌张张地想要找一棵最近的大树爬上去。拉奇吓了一跳，看清之后欢快地叫了一声，朝松鼠扑过去。他并不感到饥饿，因此追逐时也并不认真。松鼠爬到一棵大树的树冠上，对他怒目而视。他也不懊恼，愉快地叫了几声，转身就要离去。

“下次吧！”他兴高采烈地说，“下次抓你，松鼠！”

突然，他的身体定住了，舌头仍旧耷拉在外面，看上去傻得可笑。那是什么声音?

他抬起一只爪子，心存狐疑地转过身。

在他身后的方向传来恐惧的惊叫声，但和他梦里听到的不一样。那会是什么?……

狗类大战!

就在伙伴们留居的地方，那个他认为很安全的地方，出事了。一声声的狂叫惊心动魄，拉奇竖起耳朵，骨头里泛起阵阵寒意。那声音不是恶狗的，也不是伙伴们的……

“我们的领域!这是我们的地盘!我们的!”

拉奇抬头看了眼树上的乌鸦，发现乌鸦也正看着自己。他环顾着这片生机盎然的丛林，这里简直就是独行狗的天堂啊。

可他毅然转身，朝来路奔去。尽管有大树挡路，尽管有树枝阻挠，但都无法阻挡他回到伙伴们身边。他们正面临危险，急需他的帮助。他必须回去救他们。要快啊!

他张开大嘴，露出锋利的牙齿，为即将到来的大战做好准备。此时他的心里只有一个念头……

他们是他的*团队*，拉奇的*团队*，而他的队员们遇到了麻烦……